# Toxic Love

**Direction éditoriale :** Stéphane Chabenat
**Éditrice :** Laura Boisset
**Correction :** Sophie Guibout
**Mise en pages :** Nord Compo
**Conception couverture :** olo.éditions

Les Éditions **Nisha et caetera** sont éditées par
les Éditions de **l'Opportun**
16, rue Dupetit-Thouars
75003 Paris
**www.editionsopportun.com**

Coco ROW

# Toxic Love

Tome 4

NISHA ET CAETERA
Les Éditions de l'Opportun

# Résumé des tomes précédents

*Camellia, jeune et brillante pharmacienne, poursuit la quête du légendaire philtre d'amour. Elle dispose pour cela d'une fable écrite par une marquise oubliée, dont les vers renferment des indices sur sa formule.*

*Elle trouve d'abord au Népal le champignon-chenille, premier ingrédient de la potion. Camellia se rend ensuite en Amazonie à la recherche du deuxième composant : les plantes dont se nourrit la fourmi coupe-feuille. Au cours de son voyage, elle rencontre Dahlia, descendante de la marquise. Celle-ci la trahit et la fait emprisonner pour trafic de drogue en la piégeant.*

*Sortie prématurément de la prison de Bogota, Camellia reprend son aventure. Elle se rend au Maroc pour récupérer les deux ingrédients suivants : de la poudre de cantharide et de l'ambre gris. Elle rencontre Marouane et Sakina, également intéressés par le philtre d'amour. Leur périple leur fait traverser le Sahara, à la recherche d'un palais renfermant des informations sur la marquise. Après avoir frôlé la mort, le trio finit par trouver le mythique endroit, gouverné par un mystérieux sultan.*

*Première surprise : lorsque Dahlia fait irruption dans le palais, Camellia découvre que le sultan est à sa botte.*

*Deuxième surprise : Dahlia et le sultan comptent bien emprisonner Camellia.*

*Troisième surprise : Sakina appartient à une obscure organisation, celle que Camellia a déjà rencontrée lors de ses précédents voyages. Celle-ci cherche également à s'approprier le philtre d'amour. Sakina parviendra à s'évader avec les précieux ingrédients trouvés au Maroc.*

*De justesse, Camellia et Marouane s'échappent à leur tour.*

*Plus que deux ingrédients à récupérer. Avec toujours Alistair, son amour d'enfance dans ses pensées, Camellia prend maintenant la direction de la Malaisie !*

# Les Quatre Frères

*De Déméter et Gaïa sommes-nous tributaires,*
*Comme nous l'enseigne la fable des quatre frères.*

*L'aîné, montagnard de son état,*
*D'une jeune et naïve mineuse s'acoquina.*
*Il la gouverna sans remords.*
*L'amoureuse, elle, ne tarissait pas d'effort.*
*Se tua tant et bien à la tâche qu'au bout*
*Elle se passa la corde au cou.*

*Le deuxième frère jouissait des plaisirs de la cour,*
*Nourri par la reine d'une contrée dorée,*
*Mangeait à la table du cardinal, des dragées colorées.*
*Mais lorsqu'un cruel seigneur s'empara de la ville,*
*Le frère se trouva sitôt en exil.*

*Son cadet le troisième, guère moins stupide,*
*Préférait la fragrance humide*
*D'une forêt aux arbres majestueux,*
*Qu'on disait protégée par les dieux.*
*Il saignait les troncs du matin au soir,*
*Se délectait de leur divin nectar.*
*Il succomba au sortilège amer si bien,*
*Que, du frère et de son hôte, il ne resta rien.*

*Le benjamin enfin, pêcheur sans pied marin,*
*Se réjouissait de la manne,*
*Trouvée sur la plage chaque matin.*
*« Ma foi, dit-il, si au large se trouve le trésor,*
*Je serais bien sot de l'attendre encor. »*
*Il prit les rames de quelque embarcation,*
*Avant que Téthys ne l'eût envoyé par le fond.*
*Ayant perdu ce qui faisait son repas,*
*La fratrie entière passa de vie à trépas,*
*Non sans avoir goûté vérité bonne à dire.*

*Quand la vie offre ses plaisirs,*
*Elle a une leçon à donner.*
*Des bonnes choses et natures, point n'en faut abuser.*

*A. D. P.-L.,*
*Marquise de Vertmillon, 1765.*

# 1

C'est le resto le plus étrange que j'aie jamais vu. En plein air, notre table est perchée au bord d'un plateau, culminant au-dessus d'un vide de je ne sais combien de kilomètres. Je ne me souviens même plus comment nous sommes arrivés ici.

Heureusement, mon verre de vin bleu m'aide à combattre le vertige. À moins que ça ne soit l'excitation de toucher au but. Alistair aussi, a l'air excité, mais pas au même sens du terme. Depuis que nous nous sommes assis, il a les yeux rivés sur mon décolleté plongeant. Je crois que j'ai un peu exagéré. Mais s'il continue de me scruter comme ça, je n'aurai jamais l'occasion d'utiliser mon philtre. J'ai toujours la fiole dans ma main, cachée sous la table. Je ne me souviens pas l'avoir sortie de ma poche.

Il faut que je fasse diversion…

« Aly, regarde ! »

Je pointe mon index vers le ciel, où passe une montgolfière aux couleurs de l'arc-en-ciel. Pendant qu'il est distrait, j'en profite pour déposer une goutte de philtre dans sa boisson. Elle s'enfonce, en créant une traînée violacée jusqu'au fond du verre. Elle spirale, tourbillonne un moment. Chaque tour la fait pâlir un peu plus, avant de se diluer jusqu'à devenir imperceptible.

…

Le serveur vient prendre notre commande, en patins à roulettes. Alistair choisit le steak de caïman. Moi, j'opte pour la salade de cactus.

…

Alistair attrape enfin son verre. Mon cœur s'emballe alors qu'il l'approche de sa bouche. Plus que quelques centimètres…

Quelques millimètres…

Il s'arrête juste avant de le porter à ses lèvres, et le lève bien haut.

« D'abord, portons un toast. »

Je serre les dents. Je n'en peux plus d'attendre !

« À quoi ? »

Il le lève un peu plus et me lance un grand sourire.

« À ton échec. »

Il lâche son verre dans le vide. Mon cœur se soulève comme si c'était moi qui tombais. Incapable de bouger, je le regarde plonger au ralenti, dans ce précipice incommensurable. À peine a-t-il atteint le sol brumeux qu'il éclate en mille morceaux, dans un fracas assourdissant.

Je me réveille en sursaut.

# 2

Cette fois, je me pince la cuisse pour m'assurer que tout ça est bien réel. J'ai beau avoir fait ce rêve à plusieurs reprises, je tombe systématiquement dans le panneau.

Vous vous êtes déjà demandé pourquoi vous faites des rêves aussi étranges ? Pendant le sommeil paradoxal, au cours duquel se déroulent les rêves, le cortex préfrontal est inactif. Or, cette région du cerveau est particulièrement impliquée dans l'esprit critique. Vous pouvez rêver de steak de caïman dans un resto au bord d'une falaise, et ça vous paraîtra tout à fait normal. Ce n'est qu'au réveil qu'on se rend compte de l'absurdité de ces situations. Plus on est stressé comme je le suis, plus on a de chances de faire des rêves étranges.

La porte de l'arrière-boutique pivote lourdement sur ses gonds, achevant de me réveiller. Mon assistant

Dieumerci apparaît dans l'entrebâillement, emmitouflé dans sa doudoune. Il est encore plus frileux que moi.

« Camellia ? Vous avez passé la nuit ici ? »

Depuis mon retour de Colombie quelques mois auparavant, il a enfin arrêté de m'appeler « chef », pour utiliser mon prénom. En revanche, toujours pas de tutoiement.

« Qu'est-ce qui te fait dire ça ?

— Vous avez une facture imprimée sur votre joue… »

Je la frotte machinalement.

« Je faisais un peu de paperasse, j'ai dû m'assoupir… »

Ce n'est pas tout à fait vrai. Après avoir fermé la pharmacie, je me souviens avoir passé la soirée les yeux rivés sur l'écran, à lire et relire ce mail. Ce foutu mail…

*Donne-moi le dernier ingrédient ou tu en paieras les conséquences.*

*Berbéris*

Depuis mon retour du Sahara il y a deux mois, je reçois ce genre de mails chaque semaine. Tous les vendredis soir. Avec quelques variations de style. Parfois « poli », comme celui d'aujourd'hui. Parfois un peu moins.

*Donne-moi la liste des ingrédients.*

*Je sais que tu lis ces mails. Dis-moi ce que je veux savoir ou tu le regretteras.*

*Un conseil, surveille tes arrières…*

*Tu finiras par me donner la formule, que tu le veuilles ou non.*

Parfois plus bavard et mystérieux.

*On dit que l'avenir est une promesse. Moi, je te promets que le tien est une menace. Chaque jour passé sans me donner la formule te rapproche de ton exécution.*

*Berbéris*

Cet enfoiré se paie même le luxe de signer par un pseudonyme. Berbéris. Encore un nom de plante toxique. Cette foutue organisation n'abandonnera jamais. Ils sont aussi acharnés que moi à retrouver la formule du philtre. Depuis que j'ai croisé leur route au Népal, ils n'ont pas arrêté de me pourchasser.

D'abord au Népal avec Bryone, l'Anglais propre sur lui qui a envoyé sa clique de mercenaires à mes trousses.

Puis en Colombie avec Adonis, la brute épaisse à la sauce hollandaise. Lui par contre, n'hésitait pas à se salir les mains. Il a pris un malin plaisir à me torturer lui-même.

Enfin, Sakina, ou plutôt Daphné, la Marocaine aussi timide que perfide. Je suis toujours sous le choc de sa trahison. Me flatter pour soutirer mes secrets, passe encore. Voler mon ambre gris, ça commence à faire beaucoup. Mais se faire passer pour une femme battue pour m'amadouer, ça je ne pourrai jamais lui pardonner !

Au moins, on ne peut pas leur reprocher un manque de diversité dans le recrutement international. Tout ce petit monde semble supervisé par un certain Hellébore. Une plante vénéneuse qui vise directement le cœur. Quelle ironie ! Tant que je n'aurai pas frappé cette organisation en son propre cœur, elle continuera de vivre…

À chaque nouveau message de ce Berbéris, j'ai été tentée de répondre, différemment selon mon humeur. Tentée de l'insulter, de l'interroger, ou les deux. Mais en fin de compte, je n'ai jamais rien répondu.

Est-ce que j'ai peur ? Non, c'est bien pire. Je suis terrifiée. La bonne nouvelle ? Ils ne connaissent pas le dernier ingrédient, enfin les deux derniers ingrédients. J'ai donc toujours un coup d'avance, même deux !

Je sais ce que vous vous dites. Camellia, pourquoi tu n'appelles pas la police ? Croyez-moi, j'y ai pensé. Mais ce n'est pas si simple. L'adresse mail est différente chaque fois, et ne ressemble à rien. De toute façon, je ne suis pas certaine que les autorités puissent m'aider. On parle d'une organisation capable de soudoyer plusieurs gouvernements, de se payer des mercenaires et des hélicos. Et il y a toujours un point qui me chiffonne. J'ai beau prendre un maximum de précautions, ces types arrivent toujours à savoir où je suis…

Je frotte mes paupières gonflées, pendant que Dieumerci enfile sa blouse. Heureusement, mon ordinateur s'est mis en veille, ce qui l'a empêché de lire ces foutus mails de menaces.

« Vous restez avec nous aujourd'hui ? »

Coup d'œil à l'horloge. Il faut quelques secondes à mes yeux embués pour localiser les aiguilles. Et encore quelques secondes à mon cerveau embrumé pour réaliser que…

« Je suis à la bourre ! »

# 3
## *Treize ans plus tôt…*

« C'est bon, tu peux entrer !

— Tu me mets à la porte de ma propre chambre… Attends, est-ce que c'est bien ma chambre ? »

Je la reconnais à peine. La pièce baigne dans une lumière rose tamisée, artificiellement créée en plaçant un tissu rouge sur le plafonnier. Sur tous mes meubles, sans exception, des dizaines de bougies sont allumées, exhalant un délicieux parfum de fleurs de cerisier. L'un de mes préférés ! Et sur le lit, une pluie de pétales de roses, qui viennent renforcer cette fragrance printanière.

« Tu t'attendais à quoi ? me demande Alistair.

— Aucune idée ! Disons… des sous-vêtements sexy !

— C'est peut-être le cas… »

On est le 14 février. La plupart des couples ont prévu une soirée romantique. Nous, on a notre après-midi de Saint-Valentin. Mes parents travaillent jusqu'à tard à la pharmacie, et mes sœurs étudient en province. Nous avons l'appartement rien que pour nous. Ce n'est pas toujours évident, quand on vit encore au domicile familial (avec ses occupants un peu réacs), de trouver l'endroit et le moment adéquats. Ça sera plus simple, quand j'irai le voir à mon tour. Les MacIntyre sont très souvent en déplacement.

Je claque la porte derrière moi pour nous enfermer dans la chaleur de cette pièce rouge. C'est moi qui ouvre les ébats, par un baiser langoureux. Je peux sentir le tissu de son pantalon se tendre, contre le mien.

Je tressaillis au contact de sa bouche sur mon cou, de ses doigts allant et venant sur le bout de mes seins. Puis il penche la tête en arrière, m'offrant sa gorge, sur laquelle je laisse courir ma langue.

« J'adore ton parfum.

— Je n'en porte pas.

— Justement, c'est l'odeur de ta peau. Elle me rend folle… »

Des deux mains, j'attrape le bas de son t-shirt, et je tire d'un coup sec vers le haut. Il enlève à son tour mon pull, promène ses mains sur mes épaules, avant de les rejoindre entre mes omoplates. Ses doigts s'acharnent à dégrafer mon soutien-gorge, en vain.

« Laisse-moi faire… »

Je l'enlève pour lui, et le laisse prendre mes seins au creux de ses mains. Il enfouit son visage dans ma poitrine, me dévore avec la même tendresse que lorsque je l'ai embrassé. Du moins, jusqu'à ce qu'un pincement fugace ne traverse mon téton.

« Tu m'as mordue ! »

Il esquisse un sourire malicieux, avant de me faire basculer avec lui sur le côté.

« Aïe ! Attends, mes cheveux… »

Je libère ma crinière coincée entre nos épaules. Nous déboutonnons chacun le pantalon de l'autre mais, dans cette position, impossible de le retirer. On bascule simultanément sur le dos, moi allongeant mes bras, lui contorsionnant ses jambes jusqu'à faire tomber son jean au pied du lit.

Je me hisse sur son torse et dépose un baiser sur le duvet juvénile qui le tapisse, rétrécissant en une fine ligne droite qui court jusqu'au nombril. En me pressant un peu plus contre lui, je peux sentir son érection pulser contre mon ventre. Je m'arc-boute légèrement pour la libérer. Puis je me redresse, les mains posées sur son torse, pour me maintenir en équilibre précaire. C'est la première fois qu'on essaye cette position. Les cuisses plaquées contre ses flancs, je soulève mes hanches, avec une pointe d'appréhension avant de les abaisser.

« Attends, remonte un peu, juste une seconde… »

Au lit, nous ressemblons à un vieux couple… de tortues marines. Ce n'est pas comme ça que j'imaginais mes premières fois. Je nous voyais déjà dans un film, nos corps unis à la perfection, comme s'ils avaient été conçus l'un pour l'autre.

Vous savez quoi ? Ça ne me dérange pas. Ce n'est pas l'acte sexuel qui rend ce moment aussi incroyable, mais l'homme avec qui je me trouve. Écouter le moindre bruit qu'il produit, chaque souffle qu'il prend en entamant ses va-et-vient irréguliers. La manière dont son cœur palpite, la façon dont nos corps se complètent toujours différemment, collés l'un à l'autre.

Un gémissement monte de ma gorge tandis que je me laisse descendre lentement le long de son sexe. Jamais je ne l'ai senti aussi profondément. Alistair est à moi, tout à moi. Il faut que j'en profite au maximum. Dans quelques jours, il s'en ira loin, encore.

Je me penche en avant pour l'embrasser. Ce simple changement d'angle me fait tressauter de plaisir. Mon visage collé au sien, mes yeux plongés dans ses iris, enflammés par le désir, le besoin et l'amour. Après lui avoir volé un énième baiser, je me redresse, déclenchant un nouveau spasme divin. Mon bassin remonte, puis redescend, au rythme de nos respirations profondes et synchrones. C'est une sensation grisante d'avoir le contrôle total sur lui, de faire monter et durer le plaisir à ma guise. J'aplatis mes mains sur son torse comme sur un cheval-d'arçons, tandis que je rebondis de plus en plus fort, de plus en plus haut…

« Ouch ! »

Cette fois, c'est lui qui a crié. Je me suis relevée si haut que son membre a failli sortir, avant de m'empaler sur lui complètement. Complètement de travers. On a frôlé le drame. J'en ai entendu parler en cours d'anatomie. La rupture de l'albuginée des corps caverneux. En termes moins techniques ? La fracture du pénis ! Fracture, façon de parler, car il n'y a pas d'os, mais une enveloppe fibreuse. Pour reprendre les mots du prof, la verge devient alors enflée et violacée, comme une aubergine. Vu sa grimace lorsqu'il le racontait, je suis persuadée qu'il a expérimenté cette douleur lui-même. La même grimace sur le visage d'Alistair, qui s'est heureusement vite effacée.

Je sombre dans ses yeux bleus, aux pupilles dilatées à l'extrême. Quand je réalise qu'aucun homme ne pourra jamais emplir mon cœur comme lui, et qu'une crampe commence à pincer mon mollet, je roule sur le dos, en l'attirant à moi.

À mon tour, je suis à lui, tout entière. J'agrippe ses fesses pour accompagner les mouvements de ses hanches. Je n'aurais pas osé ce geste auparavant. Mais aujourd'hui, c'est différent. Plus intense que jamais. Je voudrais que nous restions pour toujours l'un à l'autre.

Ses mouvements s'intensifient, dans la force et dans la cadence. S'il continue, je vais…

Mais il ne continue pas. Ralentit, se replace. On repart de zéro. Ce n'est pas plus mal, le plaisir n'en durera que plus longtemps.

Sa respiration s'accélère, signe qu'il va bientôt atteindre l'orgasme. Et moi aussi. Le fait de le sentir venir me fait arriver plus vite, et vice versa. Mais ce n'est pas une course, ce sont des montagnes russes !

Je niche mon visage au creux de son cou. Je n'ose pas encore crier à la mesure de mon plaisir, mais lorsque l'excitation culmine, je ne peux retenir des petits gémissements aigus. Comme chaque fois, ils font basculer Alistair à son tour, définitivement. Ses mouvements s'intensifient, avant de cesser brusquement. Ses reins se tendent, dans un dernier soupir, que j'aspire avant de l'embrasser.

Trop épuisé, il se laisse tomber, gardant appui sur un bras pour ne pas m'aplatir. Je m'accroche à lui, tandis que nos corps essoufflés se remettent à peine de l'effort intense. Je n'imaginais pas ça aussi fatigant.

Nous restons un long moment blottis l'un contre l'autre. La chaleur dégagée par son torse sur lequel est posée ma joue m'emplit d'un sentiment de sécurité, et d'allégresse. Le contact de son corps doux, tout entier, me laisse encore muette. Comment ai-je pu m'en passer toutes ces années ? J'ai du mal à réaliser l'avoir dans mon lit, ce même lit dans lequel j'ai si souvent rêvé de lui, la nuit. Je ne laverai plus jamais les draps, pour qu'ils gardent son odeur. Pas sûre que ma mère soit d'accord…

« Dis, Aly… »

Il m'enveloppe dans son bras.

« Oui, Camy ?

— Tu nous vois où, dans dix ans ? »

Ses yeux s'échappent un instant de la chambre pour voyager loin, dans l'espace et le temps.

« Toi, tu seras une brillante directrice de recherche qui découvrira la panacée. Et moi, un archéologue renommé qui trouvera le Saint-Graal. »

Malgré ce programme alléchant, je fais la moue en m'enroulant dans le drap.

« Quoi ? Ça ne te plaît pas ?

— Tu parles toujours de nous séparément, comme si on n'était pas en couple. À aucun moment tu n'as évoqué notre situation personnelle. Est-ce que tu te vois avec moi ? Marié ? Des enfants ?

— Je… Je n'y ai pas réfléchi…

— C'est bien ça, le problème. Tu as planifié toute ta vie, sauf ce qui nous concerne. En CM2, tu avais déjà tracé tout ton parcours professionnel ! »

Il se redresse contre la tête de lit et hausse les épaules.

« Il n'y a rien d'étonnant. Toi aussi au collège, tu savais déjà ce que tu voulais faire.

— Je savais quel métier. Je ne savais pas exactement quelle fac, quel master, quelles options et quels stages je visais ! Tu prévois toujours tout… sauf avec moi. Est-ce que je ne suis qu'une distraction ? Un passe-temps ? »

Par je ne sais quelle souplesse, il arrive à se contorsionner jusqu'à me rejoindre sous le drap, et coller sa peau chaude à la mienne.

« Si je ne voyais pas mon futur avec toi, je n'aurais pas préparé tout ça. Acheter les bougies. Télécharger la playlist, cueillir les fleurs…

— Comment ça, cueillir ? »

Il secoue la tête, de l'air le plus innocent que j'aie jamais vu.

« J'ai chipé les pétales au Jardin des plantes. Le gardien m'a couru après jusqu'au pont d'Austerlitz ! »

J'ébouriffe ses boucles blondes, pour qu'il ne me voie pas sourire. Il a toujours le don pour désamorcer les situations tendues, en sortant une connerie.

« Tu sais, on peut acheter des pétales chez le fleuriste ! »

Je roule dans l'autre sens pour me sortir habilement de la couette, tandis qu'Aly reste coincé comme dans une camisole.

« Déjà ? »

Je souffle sur une des dizaines de bougies disposées partout dans la chambre. La fumée s'envole en fines volutes blanches, propageant une légère odeur de roussi à l'atmosphère florale.

« Il faut qu'on range tout ce bazar, avant de mettre le feu à l'appart. »

C'était une belle Saint-Valentin.

***Traité des sciences amoureuses***

**Par** Camellia Daléchamps

## Chapitre 15
## Fête de l'amour

On dit que l'amour est une fête. Aux quatre coins du monde, la Saint-Valentin s'est imposée comme LA fête des amoureux. Tous les 14 février, nombreux sont celles et ceux qui se préparent à célébrer leur couple. Mais d'où vient vraiment cette tradition ? Qui est ce fameux Valentin ?

Il existe plusieurs hypothèses. La plupart situent les origines de cette fête romantique dans… la Rome antique.

- On affirmait d'abord que la Saint-Valentin a été créée pour remplacer une fête païenne célébrée chez les Romains du 13 au 15 février : les Lupercales. Un hommage à Lupercus, dieu de la fécondité.

- Des preuves plus solides sont trouvées au XIVe siècle en Angleterre encore catholique. Le 14 février était célébré comme une fête des amoureux car l'on avait remarqué que les oiseaux choisissaient ce jour pour s'apparier. En 1496, le pape Alexandre VI désigne ce jour comme celui de Valentin, Saint patron des amoureux. Mais qui était-il ?

- De son nom complet, Valentin de Terni était un Romain ayant vécu au IIIe siècle sous le règne de Claude II Le Gothique. Ne parvenant pas à recruter ses soldats, Claude songea que les hommes avaient du mal à quitter leur foyer, leur femme et leurs enfants. Il prit alors la décision saugrenue d'interdire les mariages. Mais un prêtre défia son autorité et continua de célébrer des unions : le prêtre Valentin. Il fut alors emprisonné. En captivité, il rencontra Julia, la fille de son geôlier. Celle-ci, qui était aveugle, demanda à Valentin de lui décrire le monde. À force de rencontres et d'échanges, ils tombèrent amoureux et un miracle se produisit : Julia recouvra la vue ! Cette nouvelle fut relayée à travers tout l'Empire. Claude décida de condamner à mort Valentin de Terni. Devenu martyr, il sera considéré comme le saint Valentin.
- Mais la Saint-Valentin n'est pas la seule fête de l'amour. On trouve des variantes, partout dans le monde :

— En Catalogne, on fête le 23 avril la *Sant Jordi* au cours de laquelle les hommes offrent une rose aux femmes et les femmes un livre aux hommes.

— Au Brésil, on célèbre le *Dia dos Namorados* (Jour des amoureux) le 12 juin.

— En Iran, *Sepandarmazgan* est un festival hérité de la culture perse, où les gens expriment l'amour envers leurs mères et épouses.

— En Israël, *Tou Be'av* est parfois appelée « la Saint-Valentin juive ». Il est fêté au mois de juillet ou d'août, la date variant suivant le calendrier hébraïque.

— En Chine, à côté de la Saint-Valentin, il existe une fête traditionnelle, le *Qixi* ou *Qi Qiao Jie*. Elle a lieu le septième jour du septième mois du calendrier lunaire, aux alentours de juillet-août. La légende raconte que la fée Zhinü, la septième fille d'une déesse, descendit sur terre et tomba amoureuse d'un berger, Niulang. Ils se marièrent et eurent deux enfants. Cependant, lorsque la déesse mère découvrit l'union de sa fille à un mortel, elle lui ordonna de retourner dans les cieux. D'un grand trait, elle créa une immense rivière dans le ciel, la Voie lactée, pour séparer les amoureux à jamais. Cependant, une fois par an, la septième nuit du septième mois, on raconte qu'un pont apparaît dans le ciel pour permettre à Zhinü et Niulang de se retrouver.

- Il existe aussi d'autres fêtes, plus insolites :

— Au Japon, dans la ville de Kawasaki, on peut assister au *Kanamara matsuri*. Littéralement « la fête du pénis de fer ». La légende raconte qu'un démon aux crocs acérés s'était caché dans le vagin d'une femme, et qu'il avait déjà castré deux hommes pendant la nuit de noces. La jeune femme sollicita l'aide d'un forgeron, qui eut l'idée de façonner un phallus de fer. Le démon s'y brisa les dents, et l'objet devint alors une relique sacrée, donnant son nom au festival. Officiellement, ce festival commémore la fertilité. Officieusement, on y vient pour contempler des sculptures géantes de pénis, portées sur des palanquins. Une en bois, une en fer, et une en plastique. L'ambiance y est très détendue. On peut même y croquer des phallus en sucre d'orge.

# 4

Ça faisait longtemps que je voulais écrire ce chapitre du traité mais, avec tout ce temps passé à tromper la mort aux quatre coins du globe, je n'avais pas eu l'occasion de boucler mes recherches. Mes travaux avancent bien. Je devrais avoir fini le manuscrit cet hiver.

En parlant d'hiver, je croyais que mon voyage dans l'Himalaya m'avait guérie de ma frilosité. Finalement, mes deux voyages suivants ont inversé le processus de guérison. D'abord l'Amazonie et son climat de lave-vaisselle. Puis le Sahara et sa chaleur tournante. De retour à Paris depuis maintenant deux mois, je grelotte sous ce ciel d'automne, froid et humide. Chose rare, nous avons même eu de la neige, dès cette fin d'octobre. Cela ne m'empêche pas de profiter de mon salon de thé préféré, niché au cœur de la Cité fleurie, dans le 13ᵉ arrondissement. Enfin, en ce moment, elle n'a de fleuri que le nom. Le jardin de l'arrière-cour, d'ordinaire joli parterre champêtre, a laissé place à un tapis blanc où rien ne pousse.

Aujourd'hui, je suis la seule cliente dans ce jardin. À vrai dire, Barnabé n'avait même pas prévu de l'ouvrir. Malgré le froid, c'est une question d'habitude. J'aime beaucoup trop ce petit coin de quiétude. Il me paraît isolé du reste du monde. Un endroit parfait pour réfléchir, laisser couler le flot ininterrompu de mes pensées.

Ininterrompu, sauf quand résonne un son de clochette. La porte de l'arrière-cour bascule. Mes muscles se contractent en voyant l'homme qui vient de franchir le seuil. Ils se contractent si fort que je me retrouve debout, presque au garde-à-vous.

Non, cette fois ce n'est pas mon mentor, le professeur Columelle, que je rencontre habituellement ici pour discuter de l'avancement de ma quête.

Je me pince discrètement le dos de la main pour m'assurer que je ne rêve pas encore. La douleur achève de me convaincre. Tout ça est réel…

Il est venu. Il est vraiment venu. Alistair…

J'ai l'impression d'avoir passé la marche arrière à 130 sur l'autoroute. Une marche arrière de plus de dix ans, qui me fige comme un arrêt sur image. J'ai attendu, anticipé ce moment à de nombreuses reprises. Je l'ai imaginé, rêvé des milliers de fois. Mais rien ne peut nous préparer à la tempête d'émotions qui nous submerge le jour J. Vous savez nager dans la piscine municipale ? Bien sûr. Mais saurez-vous nager dans les vagues d'un océan déchaîné ? Un océan de lumière, même. Car Alistair est ce genre de personne, qui irradie chaque endroit où il se trouve. Avec son teint lumineux et sa blondeur incandescente.

Sans me quitter des yeux, il avance vers moi. Son pas est sûr et régulier. Moi ? J'ai failli tomber trois fois avant d'arriver jusqu'ici. Avec mes bottes qui hésitent entre s'enfoncer dans la neige avec un bruit de succion, ou simplement glisser dessus. Alistair, lui, est élégant même sur la neige. Il se déplace sans un bruit, avec la légèreté d'un elfe. Mais pas la carrure. J'avais déjà eu cette impression en le voyant à la télé l'autre jour, ça se confirme en vrai. Il a pris du muscle. Surtout au niveau des épaules, cintrées sous un blouson bombardier. J'ignore si c'est parce qu'il parcourt le monde comme un aventurier, ou s'il a pris un abonnement à la salle. Quand nous étions jeunes, il n'aimait pas particulièrement le sport, bien qu'il y excellait, comme dans tous les domaines.

Il n'est plus qu'à deux pas de ma table. À chaque centimètre qu'il parcourt, les battements de mon cœur redoublent d'intensité. Malgré la fraîcheur automnale, je ressens une vague de chaleur qui émerge sous mes pieds, grimpe le long de mes jambes comme la lave d'un volcan, avant d'exploser dans ma tête. À ce moment précis, je ne saurais dire si je suis euphorique ou prise de panique. Je suis simplement tétanisée, paralysée par la solennité de ces quelques secondes, que j'ai attendues depuis des années.

Vous vous rappelez vos séances du Code de la route ? J'ai l'impression que la scène vient de se figer et qu'un choix multiple s'offre à moi :

*Que va faire Alistair ?*

*Réponse A : Il se jette dans mes bras et m'embrasse fougueusement.*

*Réponse B : Il me fait une bise amicale.*

*Réponse C : Il me serre chaleureusement la main.*

Finalement, ce sera *Réponse D : il s'assoit sans contact et sans un mot.* Sans fougue, sans amitié, sans chaleur. Je me rassois à mon tour. Même si le temps paraît avoir peu d'emprise sur ses traits, l'homme qui se tient face à moi n'est plus tout à fait le garçon que j'ai connu. Il affiche un air très (trop) sérieux, dépourvu de cette lueur de malice qu'il avait constamment, autrefois. Celle qui donnait toujours l'impression qu'il allait me jouer un tour. Cette fois, c'est moi qui vais lui en jouer un.

Nous restons ainsi de longues secondes, à nous fixer. Jusqu'à ce que je prenne finalement l'initiative de la conversation.

« Tu ne dis rien ? »

Il humecte ses lèvres avec sa langue pour parler. À cet instant, j'aimerais bien être à leur place.

« Si je ne me trompe pas, c'est moi qui ai envoyé le dernier message. Et celui d'avant aussi. Et les quinze précédents, Camellia.

— Tu ne m'appelles plus *Camy* ?

— Et toi ? Tu ne m'appelles plus tout court ? »

Ce rencard commence beaucoup plus froidement que je ne l'aurais imaginé. Mais je le connais. Il essaye d'imposer le ton et le rythme de la conversation. Si je le laisse faire, je suis fichue. Heureusement, mes récentes expériences m'ont appris beaucoup de choses, notamment de ne plus me faire marcher sur les pieds.

« Tu vas me dire pourquoi tu as subitement fait la morte ?

— Non.

— Non ?!

— Pas maintenant…

— Après tout ça, je n'ai même pas le droit à une explication.

— Ne fais pas comme si tu avais remué ciel et terre pour me retrouver. Tu savais très bien où j'habitais, où mes parents travaillaient…

— C'est toi qui coupes les ponts et tu me reproches de ne pas t'avoir pourchassée ? Pour une scientifique, tu as vraiment une logique bizarre.

— Pas étonnant de la part d'un archéologue de ressasser le passé. »

Il me scrute. J'ai l'impression qu'une force invisible pousse mes orbites vers le côté, peu importe lequel, du moment qu'elles s'éloignent de ses pupilles turquoise. Heureusement, Barnabé arrive avec notre commande, et me libère de l'emprise invisible. Il dépose d'abord face à moi une tasse, dont le fumet me réchauffe déjà le cœur.

« Un gyokuro camomille pour madame. »

Le plus raffiné des thés verts japonais. Il est très riche en théanine, acide aminé favorisant la relaxation. À ne pas confondre avec la théine, qui est de la caféine associée aux tanins. Et la camomille, bien connue, détend le système nerveux. Gardez-le pour vous, j'en ai déjà bu une tasse avant qu'Alistair n'arrive. De quoi me rendre plus zen qu'un moine bouddhiste.

« Et earl grey bergamote pour monsieur. »

Alistair semble surpris que j'aie déjà pris sa commande. Et encore plus surpris que je me souvienne de son thé préféré.

« Tu n'as pas oublié ce que j'aimais. »

Son ton s'est légèrement adouci.

« Oui, ce n'est pas le cas de tout le monde à cette table... »

Il fronce les sourcils.

« Mais tu ne buvais jamais de thé, à l'époque.

— Laisse tomber… »

J'aspire une gorgée de mon thé. Le liquide brûlant réchauffe mon corps en le traversant de haut en bas.

Alistair porte à son tour le breuvage à ses lèvres et je ne peux retenir un rictus au coin de ma bouche.

« Qu'est-ce qui te fait sourire ?

— Tu lèves toujours le petit doigt quand tu bois ton thé. Comme la reine d'Angleterre… »

Il repose sa tasse, avec un peu moins de flegme que ne l'aurait fait la reine.

« Tu ne m'as pas fait venir jusqu'ici pour te foutre de moi, n'est-ce pas ? »

Je secoue la tête. Aussi pour effacer mon sourire.

« Alors, pour quelle raison ?

— Ressasser le passé.

— Mais je croyais que…

— Pas le passé auquel tu penses. »

Je sors de mon sac une myriade de documents, que j'étale sur la table sans ménagement. Parmi eux, la lettre de la marquise, adressée à son amant, le prince saharien, ancêtre du sultan Haider. Souvenez-vous, lors d'un voyage au Maroc, à la recherche des ingrédients de sa formule, elle avait rencontré un beau souverain. Ce dernier, promis à une autre, a eu le malheur de l'éconduire. La marquise s'en est allée. Elle a complété son philtre, avant de revenir l'utiliser sur lui. Le prince avait alors tout abandonné pour elle : sa promise, son trône, son royaume. Il s'est enfui dans le désert, où il a construit un magnifique palais pour la nouvelle femme de sa vie. Malheureusement, celle-ci a fui à son tour, laissant le prince en proie à un chagrin inconsolable.

Avant de revenir avec le philtre, la marquise avait envoyé une lettre, qui parle de ma prochaine destination : un temple perdu dans la forêt malaisienne. Ses occupants y cultivent notamment les deux ingrédients qu'il me manque : le *tongkat ali* et le bois de oud.

Je pense que le courrier contient des indices pour localiser le fameux temple. Heureusement, elle est suffisamment vague pour ne pas évoquer le philtre.

Je fais pivoter la retranscription du document vers Alistair.

« Quelque part en Malaisie, j'ai entendu parler d'un temple disparu. J'aimerais le retrouver. »

Il semble décontenancé par la spontanéité et l'originalité de ma requête. Qui ne le serait pas ?

« Pourquoi ?

— Les locaux y cultivaient des plantes particulièrement rares. Je pense qu'elles ont d'incroyables vertus… thérapeutiques.

— Je croyais que tu avais abandonné la recherche pharmaceutique, pour reprendre l'épicerie de tes parents.

— Une pharmacie ! Pas une épicerie, bon sang. Et comment sais-tu ça, d'ailleurs ?

— On apprend beaucoup de choses, sur les réseaux sociaux.

— Donc tu espionnes mes activités ?

— Seulement depuis que tu m'as recontacté. »

Je n'arrive jamais à savoir s'il me baratine ou non. Alistair est comme une anguille électrique de l'Amazone. Il glisse entre les doigts, insaisissable. Et quand il est pris au piège, il envoie une décharge.

« Et toi, tu ne m'espionnais pas, peut-être ? Sinon comment savais-tu que j'étais en France en ce moment ? »

Il a raison, j'ai fait exactement la même chose. C'est d'ailleurs comme ça que je l'ai retrouvé. En fouillant son fil d'actualités, j'ai appris qu'il allait participer cette semaine à un colloque d'archéologie ici même, à Paris. Je prépare ce moment depuis plusieurs semaines, en rassemblant des indices sur ma future destination. Notre future destination.

« C'est vrai, j'avais besoin d'un archéologue et j'ai pensé à toi.

— Donc tu m'as recontacté uniquement par intérêt ?

— Pour l'instant, oui. »

Il aime quand je lui parle franchement. De toute façon, il a toujours su quand je lui cachais quelque chose. Sauf en ce moment. Si tu savais ce qui t'attend, mon petit Aly…

« Pas seulement mon intérêt. Le tien aussi.

— Je t'écoute.

— J'ai vu tes exploits à la télé, sur le site de Stonehenge. Ça devait être agréable, pas vrai ? Passer devant la caméra, se faire interviewer par un canon…

— Pas spécialement agréable. Mais c'est vrai qu'elle était canon, cette journaliste… »

Il essaye de me rendre jalouse. Et vous savez quoi ? Ça fonctionne. Mais restons concentrés sur l'objectif.

« Ce que je te propose est encore plus intéressant. Une découverte transversale, qui mélangerait science et histoire et redorerait le blason de ta discipline.

— Comment ça, redorer le blason ?

— Les gens vous considèrent souvent comme des fouilleurs de poubelles. »

Il écarquille les yeux comme le pape devant un blasphème. Ça, c'est pour m'avoir qualifiée d'épicière.

« Pour une commerçante, tu me vends très mal ton projet… »

J'ignore sa nouvelle pique.

« Le grand public a du mal à comprendre l'importance de vos travaux. Avec mon *projet*, tu serais un peu l'archéologue du futur. Tu fouilles le passé pour améliorer notre avenir. Tu imagines ? Une publication hybride archéologie-pharmacologie ? On n'en voit pas tous les jours. De quoi paraître dans une revue très réputée ! »

Il se gratte le menton. Je vois que mes arguments font mouche. Pas seulement sur lui, mais sur moi aussi. Même en occultant notre passé commun, c'est une opportunité professionnelle particulièrement alléchante, pour tous les deux.

« C'est gagnant-gagnant, Aly. Comme quand tu m'aidais à réviser au lycée. Ça te faisait réviser en même temps. Tu te souviens ?

— Mouais… »

Bon, clairement, la carte de la nostalgie ne marchera pas sur lui. Je dois trouver autre chose.

« Tu pourrais choisir n'importe quel archéologue. Pourquoi moi ?

— Je ne veux pas *n'importe quel* archéologue. Je veux le meilleur archéologue. »

Un sourire fugace se dessine sur sa gueule d'ange. Ah, les hommes… Aussi complexe et impénétrable que soit leur cerveau, ils seront toujours sensibles à la flatterie. Surtout celui d'Alistair. Pas étonnant, quand on sait que les compliments libèrent de la dopamine dans le cerveau de celui qui en reçoit. Beaucoup plus efficace que la nostalgie !

Il passe la main dans ses boucles blondes, faussement indisciplinées. C'est un signe – le seul signe, d'ailleurs – montrant qu'il hésite. Comme un chien qui remue la queue. Je lui ai déjà fait part de cette comparaison quand nous étions au collège. Il avait moyennement apprécié...

Il attrape enfin l'un des documents pour l'examiner. Dans la manœuvre, ses doigts frôlent les miens et je sens que mon cœur vient de s'arrêter.

Ses pupilles luisent de curiosité. À mon grand désarroi, ce n'est pas à cause de notre contact fugace mais bien des papiers que je viens de lui transmettre. Son esprit bouillonne, je jurerais voir de la vapeur s'échapper de ses boucles d'or. On y est presque…

« Est-ce que je peux les emporter pour les étudier ? »

*Yes !* Je retiens difficilement mon sourire jubilatoire. Mes parents ont toujours dit que j'étais un livre ouvert, dans lequel on lit facilement les émotions. J'ai toujours du mal à masquer mes réactions, qu'elles soient de peine ou, comme maintenant, d'une irrépressible joie.

« Bien sûr. Prends tout le temps qu'il faudra. »

Il replie et enroule soigneusement les documents. Entre les mains d'un archéologue, ils ne risquent rien.

« Ne t'enflamme pas. Ça ne veut pas dire que j'ai accepté.

— Évidemment. Prends ton temps puis recontacte-moi, quelle que soit ta décision. »

Il se lève.

« Je t'enverrai un mail. Essaye de répondre, cette fois… »

***Traité des sciences amoureuses***

**Par** Camellia Daléchamps

## Chapitre 16
## Le tue-l'amour

Nous avons vu dans cet ouvrage des dizaines d'aliments aphrodisiaques. Mais il en existe ayant les propriétés inverses. On les appelle les anaphrodisiaques. Petit tour de table des aliments à ne pas consommer avant de faire l'amour :

• **La réglisse :** qu'on l'aime ou qu'on la déteste, chacun se rappelle sa saveur si particulière. Mais l'un de ses principaux composants, l'acide glycyrrhizique, responsable de cette saveur, peut également inhiber la production de testostérone.

• **Le soja :** il est à la mode, sous différentes formes : lait de soja, tofu, miso... Pourtant, consommé en trop grande quantité, le soja peut aussi diminuer la libido.

• **La menthe :** on connaît bien ses vertus digestives, antiseptiques, toniques et stimulantes. Mais son menthol pourrait diminuer la libido.

• **La quinine :** tout comme la menthe, la quinine contenue dans les boissons dites « tonic » diminue les taux sanguins de testostérone et impacte le désir sexuel.

• **Les corn flakes :** comme tous les aliments trop sucrés, ils déclenchent une libération de sérotonine, ce qui a pour conséquence de calmer le stress, mais également le désir sexuel.

• **L'alcool :** à petites doses, il désinhibe. Un peu plus, il retarde l'éjaculation. Encore plus, il perturbe l'érection chez l'homme et le désir sexuel chez la femme.

• **Le houblon :** il diminue le désir chez l'homme *via* une baisse de testostérone. Mais il peut l'augmenter chez la femme, par son action œstrogénique et progestative. En termes de libido, la bière est donc plus bénéfique à Madame qu'à Monsieur.

# 5

L'hôtesse de l'air pose sa main sur mon appuie-tête et m'adresse un sourire étincelant.

« Madame, éteignez votre ordinateur, s'il vous plaît. Nous allons atterrir. »

Déjà ? Je n'ai pas vu le temps passer.

« Qu'est-ce que tu écris ? »

Cette voix fige mon corps instantanément. Alistair a le visage penché vers mon écran. Bon sang, je ne l'ai pas vu se réveiller ! Je sursaute et je referme violemment mon ordinateur.

« Aïe ! »

Malheureusement, je n'ai pas été aussi prompte à retirer mon index du clavier.

« Rien. Juste un article scientifique. »

Il lève les bras bien haut pour s'étirer mais ses mains heurtent le plafond. Alors il les étire horizontalement, et je tressaute à l'idée qu'il en rabatte un autour de mon épaule, comme nos grands-parents le faisaient autrefois au cinéma.

Ma peau frissonne et ce n'est pas dû à l'air conditionné. J'ai passé quasiment les treize heures de vol à écrire cet article du traité, alors que le tiers m'aurait normalement suffi, vous savez pourquoi ? Pas facile de se concentrer quand on est collée à un si bel homme qui vous obsède depuis des années. Alistair a passé l'intégralité du trajet à dormir. Peu après le décollage, dans un état semi-conscient, il a relevé l'accoudoir nous séparant et s'est servi de mon épaule comme oreiller. Je me suis enivrée de son parfum iodé. Depuis toujours, il sent bon l'océan. Quand je ferme les yeux, j'ai l'impression d'être allongée à ses côtés sur une plage de sable fin.

Pour la première fois depuis plus de dix ans, j'avais enfin un contact physique avec lui. Cela faisait si longtemps que j'ai eu l'impression que c'était tout nouveau. Sa joue contre mon épaule, dont j'aurais voulu qu'elle soit nue. J'osais à peine respirer, de peur qu'il s'en aille. Je craignais même que les battements frénétiques de mon cœur ne le réveillent. Ça n'a pas été le cas. Il a dormi comme un bébé jusqu'à l'atterrissage. Ses yeux gonflés brillent de cette lueur enfantine qui m'avait fait craquer, à l'époque.

Alistair étouffe un bâillement félin.

« J'ai vraiment du mal à comprendre. Pourquoi tu continues d'écrire des articles, alors que tu gères ton épicerie ?

— Pharmacie ! Je te l'ai déjà dit, je suis une professionnelle de santé, pas une commerçante.

— Alors comment comptes-tu commercialiser tes fabuleuses découvertes ?

— Je ne le fais pas pour l'argent. Je le fais pour l'amour de la science. »

Ou plutôt… pour la science de l'amour. Tu vas très bientôt le comprendre, Aly…

Vous y croyez ? Nous voilà à nouveau en train de nous chamailler, comme les deux adolescents que nous étions. J'ai encore du mal à réaliser qu'il est là, avec moi, à portée de main. Tout ça est allé si vite !

Avant qu'il ne me fasse part de sa décision, j'ai passé des jours à ronger mon frein. À vérifier mes mails, bien que je n'aie reçu aucune notification. Actualiser la page sans arrêt, comme une acharnée. Vous avez déjà eu cette drôle de sensation, de sentir votre téléphone vibrer, de l'entendre sonner, alors que ce n'est pas le cas ? Ça m'est arrivé quotidiennement, en attendant nerveusement la réponse d'Alistair. Les scientifiques n'ont pas encore d'explication officielle à ce phénomène, qu'on a toutes expérimenté au moins une fois.

D'un autre côté, j'étais quasi certaine qu'il accepterait. Pas pour mes beaux yeux, non. Pour le challenge. Il ne supporterait pas de se débiner devant moi, d'admettre son ignorance. Un homme, c'est fier comme un coq. L'orgueil, ce n'est pas quelque chose qui peut s'effacer, aussi simplement que j'ai combattu ma peur en avion. J'ai toujours pensé qu'un homme ne changeait pas, jamais, sous aucune condition. Mes rencontres récentes m'ont fourni des contre-exemples, du moins, des raisons d'assouplir cette théorie. Je reste convaincue que l'esprit masculin est aussi immuable qu'une ligne droite. Je veux bien admettre désormais qu'il décrit une trajectoire sinusoïdale, qui l'éloigne ou le rapproche plus ou moins de cette ligne de conduite. Mais en matière de fierté, Alistair ne bougera jamais d'un millimètre.

Ce débat m'aura au moins permis d'ignorer la descente de l'avion.

# 6

Le soleil se couche mais pas la ville. À Kuala Lumpur, la capitale de la Malaisie, chaque rue est une attraction, et le taxi notre manège. Nous traversons des quartiers entièrement jalonnés de stands de nourriture, dont les effluves s'introduisent dans l'habitacle pour aiguiser nos sens. L'animation est ce qui me frappe le plus. Même à cette heure-ci, les gens s'agglutinent entre les allées d'un marché à ciel ouvert. Des femmes en tailleur comme en sari, avec ou sans voile. Mais aussi des fashionistas passionnées de selfies et des golden boys avec un doigt sur l'oreillette. Comme si cette ville en effervescence ne dormait jamais. C'est si dépaysant ! J'ai l'agréable impression d'avoir laissé mes problèmes à dix mille kilomètres de là. Ici, Berbéris ne pourra plus me tourmenter. De toute façon, je ne reçois pas mes mails…

Je me tourne vers Alistair.

« J'ai du mal à cerner la culture de ce pays.

— C'est normal. La Malaisie est un carrefour. Géographique d'abord. Le pays est entouré par la Thaïlande au nord, l'Indonésie à l'est et Singapour au sud. Mais surtout, un carrefour culturel, de plusieurs civilisations. Le pays a été façonné par les influences chinoise, indienne, arabe, mais aussi occidentale. Des colonies portugaises, néerlandaises et évidemment britanniques.

— C'est pour ça que notre chauffeur roule à gauche ?

— Exactement. »

J'ai bien failli me faire surprendre, la première fois que nous avons traversé un passage piéton. J'ai beau avoir visité Londres à plusieurs reprises, je crois que je ne m'y habituerai jamais.

Je me rappelle aussi la lettre de la marquise.

*Il y a quelques mois, je saisis l'opportunité d'une expédition hollandaise…*

Je me demande à quoi ressemblait la ville, quand elle est arrivée ici. Ce devait être tellement différent…

Le taxi poursuit son parcours sinueux à travers les bouchons, ce qui me permet de mieux contempler la ville. Elle est en pleine ferveur, mélange bouillonnant de modernisme et de tradition. La lumière est omniprésente, du sol au ciel. Les mosquées jouxtent les temples bouddhistes, et les pagodes côtoient des gratte-ciel vertigineux. La spécificité de la ville de Kuala Lumpur réside dans sa capacité à mêler différentes cultures dans un paysage urbain harmonieux et coloré. Chaque carrefour témoigne de cette richesse culturelle unique. Les temples et la religion sont omniprésents. Bien que scientifique pure et dure, je n'ai aucun problème avec les gens religieux. Je considère la foi comme une théorie, à laquelle je n'adhère pas vraiment. Mais le jour où des preuves viendront la confirmer, je serai la première à m'incliner. En attendant, je ne crois que ce que je vois. Je suis une sorte de saint Thomas au féminin. Une… sainte Tomate.

La ville de Kuala Lumpur garde également de nombreuses traces du passé colonial. Nous traversons notamment le quartier de Merdeka et ses magnifiques bâtiments de style britannique, héritage laissé par la colonisation. On le retrouve aussi dans certains noms de rues, à consonance très anglaise.

« Hé, Aly, qu'est-ce que ça signifie, Kuala Lumpur ? »

Il sourit devant cette occasion inespérée d'étaler son savoir.

« Ça veut dire "confluent vaseux". Ici se rejoignent deux fleuves. Le Kelang et le Gombak. »

À travers la vitre du taxi, je ne sais où donner de la tête, tant chaque parcelle de la capitale attire l'œil, aussi bien en longueur qu'en hauteur.

« C'est une ville jeune, explique Alistair, devinant ma curiosité. Elle est sortie de la jungle dans les années 1850, grâce aux gisements d'étain. Mais c'est dans les années 1980 qu'elle a vraiment prospéré, pour devenir l'immense mégalopole qu'on voit aujourd'hui. »

Signe de ce développement ultra-rapide, de la mégalopole au village il n'y a qu'un pas. Nous quittons les grands boulevards pour nous engouffrer dans un dédale de ruelles à peine goudronnées, jalonnées d'authentiques bouis-bouis en bois, que nous frôlons des rétroviseurs.

J'abaisse la vitre électrique pour m'enivrer un peu plus de l'ambiance culinaire. À ma grande surprise, je suis frappée, presque littéralement, par une senteur épouvantable. Je porte instinctivement la main à mon nez pour le couvrir mais je la sens quand même. Une odeur pestilentielle de déchets, pourtant je n'en vois aucun. Les rues sont d'une propreté remarquable.

« C'est quoi cette odeur ? »

Devant nous, j'entends le chauffeur pouffer discrètement.

« Le durian ! répond-il du tac au tac, le fruit préféré des Malaisiens ! »

J'en ai déjà entendu parler. Il apparaît d'ailleurs brièvement dans mon *Traité des sciences amoureuses*. Je savais que ce fruit était réputé pour sa mauvaise odeur, mais j'étais loin de me douter qu'elle était aussi abominable.

« Comment peut-on manger quelque chose qui sent aussi mauvais ? »

Alistair hausse les épaules. Je vois bien que ces effluves infâmes l'incommodent aussi, mais il fait mine de rester stoïque.

« Je me suis fait la même remarque en arrivant en France, la première fois que j'ai senti du roquefort. »

Le taxi prend un virage un peu serré. Malgré la ceinture de sécurité, la force centrifuge me propulse contre le flanc d'Alistair.

« Pardon ! »

Nous nous sommes écriés simultanément, ce qui le fait sourire, et moi rougir. Je rabats une mèche de cheveux pour camoufler l'embarras, facilement lisible sur mon visage. Depuis que nous nous sommes retrouvés à Paris, il y a toujours une gêne. Comme nous avons grandi ensemble, nos vieux réflexes complices ont tendance à vouloir ressurgir. Mais je réfrène mes envies autant qu'Aly semble retenir les siennes. On ne sait pas trop comment se comporter l'un envers l'autre. C'est comme… pas de comparaison foireuse cette fois. C'est comme revoir son ex après dix ans de silence radio, voilà tout.

Nous arrivons enfin à destination. En parlant de gratte-ciel, notre hôtel n'a pas à rougir des alentours, tant il culmine au-delà des nuages. L'intérieur n'est pas en reste. Décoration très Second Empire, fastueuse, somptueuse, mélange d'influences antiques et de la Renaissance. Des colonnes torsadées et des pilastres richement sculptés supportent l'édifice. Ce dernier s'habille d'étoffes rouge et or, de lustres, de mobilier en bois sombre, accompagné de faux bronzes. Les murs au papier peint floral entourent des rangées de sièges capitonnés au rembourrage épais. J'ai l'impression d'être subitement revenue en Europe, dans l'antichambre d'un château français !

Comme dans les rues, nous croisons un flot hétéroclite de touristes semblant venir de tous les pays du monde. Des hommes de toutes les couleurs. Des femmes en tailleur, en djellaba et en kimono. J'entends parler anglais, espagnol, français, chinois, japonais, arabe, et une multitude d'autres langues que je suis incapable d'identifier.

Nous approchons de la réception, où nous attend un employé derrière un imposant comptoir de bois laqué. Il arbore une redingote rouge sobre agrémentée de broderies jaunes et bleues, épaulettes et boutons de laiton travaillés. Ces couleurs reprennent celles du drapeau malaisien, tendu fièrement au-dessus de l'accueil.

« C'est drôle, je fais remarquer, il ressemble beaucoup à celui des États-Unis. »

Il est composé de bandes rouges et blanches. Dans le coin supérieur gauche, un rectangle bleu contient un croissant de lune et une étoile jaunes.

« C'est le cas, explique Alistair. Les bandes représentent les treize États, unis autour du gouvernement fédéral. Le croissant est un symbole de l'Islam, religion nationale. Et l'étoile à quatorze branches reprend la même signification que les bandes. Le bleu symbolise l'unité du peuple malais, et le jaune est la couleur de la royauté. »

Je laisse échapper un sifflement d'admiration. Pendant ce temps, l'employé achève de nous enregistrer. C'est généralement le moment gênant du voyage où l'on nous annonce qu'il ne reste plus qu'une chambre, que nous allons devoir partager. Mais pas cette fois. Il nous tend bel et bien deux cartes magnétiques. Une par chambre, au 34e étage. Elles nous servent aussi à appeler l'ascenseur.

Aussitôt engouffrée, je m'arrête, perplexe, ma main immobile face à la multitude de boutons.

« Où est le 34e étage ? »

J'ai beau scruter attentivement, il n'y en a pas. On passe du 33 au 33A, puis 35. Sans hésiter, Alistair presse le bouton 33A et les portes se referment aussitôt.

« Dans plusieurs pays d'Asie, explique-t-il, le chiffre quatre porte malheur car il se prononce en chinois comme le mot "mort". C'est l'équivalent du treize chez nous. Alors souvent, les hôtels remplacent les quatrième, quatorzième, vingt-quatrième étages par 3A, 13A, 23A… »

Je ne lui dirai pas, car il a suffisamment la grosse tête, mais j'adore quand il m'apprend des choses. Il était déjà un puits de science lorsque nous étions jeunes.

Au 34e étage, pardon, à l'étage 33A, on a une vue imprenable sur la ville. Chacun sa chambre, donc. Avec minibar et room-service. On verra ça plus tard. Après treize heures de vol, je ne rêve que d'une chose sur cette terre : un bain de pieds !

Je retire mes chaussures qui touchent le sol avec un bruit colossal. Un peu trop… Non, ça ne venait pas de moi. Ce son provenait de la chambre adjacente, celle d'Alistair. Je crois qu'il a fait tomber sa valise.

Je m'approche du mur qui nous sépare, et contre lequel est calée la tête de lit. Il est fin, si fin que j'entends ce qui se passe de l'autre côté. Un bruit de fermeture éclair. Puis du tissu froissé. Je porte la main à ma bouche pour m'empêcher de pouffer comme une enfant. J'ai l'impression d'être une espionne.

Je colle mon oreille au mur, puis je ferme les yeux pour mieux entendre. Rien de surprenant. Dans l'obscurité, le cerveau s'adapte, compense la perte d'informations visuelles, en augmentant sa sensibilité aux stimulations auditives. Il existe un effet secondaire à ce phénomène. L'amygdale, siège de nos émotions liées aux sens, augmente également son activité. Une musique triste paraîtra encore plus triste dans le noir. C'est la raison pour laquelle les mélomanes aiment écouter leur musique les yeux fermés. Et la raison pour laquelle je commence à me sentir tout excitée.

Malgré cette excitation, je m'efforce de rester parfaitement immobile. Pourquoi ? Pour mieux entendre !

Certains neurones du cortex moteur, donc impliqués dans les mouvements, ont des prolongements jusque dans le cortex auditif. Cela peut paraître étrange, mais le corps est en réalité une machine très bien huilée, depuis l'époque où nous étions à la fois proie et chasseur. Cette imbrication permet à notre cerveau de neutraliser le bruit prévisible produit par nos mouvements. Ainsi, nous pouvons être davantage à l'écoute de notre environnement. L'inconvénient, c'est que le cerveau baisse aussi le « volume ». Par contre, lorsqu'on est immobile, ces neurones sont inactifs et l'on peut se concentrer beaucoup plus intensément sur un son.

Nouveau bruit de fermeture éclair. Cette fois, ce n'est pas celle de la valise. Le frottement d'un jean qui glisse sur une paire de jambes. Ces jambes-là se déplacent. J'essaye de les suivre, en me déplaçant à genoux sur mon matelas *king size*. J'entends ses pieds nus épouser le carrelage de la salle de bains. Un rideau de douche qu'on tire. Un robinet en laiton qu'on tourne.

Je peux entendre l'eau couler comme si j'y étais. Je l'imagine ruisseler sur son corps. Tremper ses boucles jusqu'à les faire tomber en cascade sur son visage. La vapeur qui nimbe son corps parfaitement glabre.

Je me laisse glisser sur les draps de satin, ma tête contre la tête de lit. De sa propre initiative, ma main se glisse entre mes cuisses. Elle se faufile entre mon pantalon et la dentelle de ma culotte, adhérant à mon sexe trempé.

À cause de la stimulation tactile, je ne l'entends plus aussi bien, mais mon imagination a largement pris le relais. J'imagine sa voix de velours susurrer des mots doux dans le creux de mon oreille. Avec son accent qui me fait tant craquer. *My love, my darling…* Des vagues de plaisir déferlent dans mon bas-ventre et remontent jusque dans mes seins tendus. Je suis incapable de résister. Une part de moi n'a pas envie de succomber à cette pulsion. Mais l'autre a passé treize heures dans un avion, collée à lui, à s'enivrer de son parfum iodé. Je me sens comme sur un nuage. Cette sensation d'être si légère… comme je l'étais dans les bras d'Alistair autrefois.

Une mèche de cheveux tombe sur ma poitrine, qui s'érige aussitôt. Elle brûle de désir. Meurt d'envie d'être léchée, caressée, mordue. Mes tétons pointent et luttent contre la barrière de dentelle qui les enferme.

À un mètre de là, l'eau de la chambre adjacente continue de couler. J'enlève mon t-shirt. Puis j'abaisse les balconnets de mon soutien-gorge avant de presser mes seins, aussi fort qu'il le faisait, la première fois que nous avons fait l'amour.

Je caresse mon ventre puis je fais tourner un doigt autour de mon nombril, imaginant que c'est sa langue qui me parcourt. Mon souffle est court et haletant. J'étouffe un gémissement en me rappelant comment ses doigts m'exploraient, agilement, habilement. Je m'imagine lui tenir la tête, tandis que sa langue explore chaque recoin de mon intimité.

À mesure que mon esprit sombre dans un plaisir irrationnel, le souvenir d'Alistair se condense. Ses cheveux s'éclaircissent, s'épaississent. Un parfum métallique et iodé s'empare de moi. Je le reconnaîtrais entre mille…

Alistair…

Mon souffle s'accélère encore, mais se coupe brusquement lorsque je plonge deux doigts dans mon vagin humide. J'utilise mon pouce pour frotter mon clitoris au passage, déclenchant des décharges électriques qui irradient mon corps de la tête aux pieds.

Des frissons me parcourent. De fines gouttelettes de sueur perlent sur ma peau. Un gémissement s'échappe, que j'étouffe rapidement en me mordant la lèvre inférieure. Un filet de salive chaude glisse le long de mon menton, avant de ruisseler sur ma poitrine.

De l'autre côté, la douche vient de cesser de couler. Je me mords la main pour étouffer mes gémissements. Loin de me calmer, la peur d'être découverte décuple encore mon excitation. Elle fait palpiter mon cœur et pulser mon sexe.

Alors je reprends de plus belle. Je presse mon clitoris et trace des cercles rapides avec mon index. Bientôt, je soulève mon bassin, comme si Alistair était sur moi et que j'essayais de m'accrocher à lui. Je me cambre cherchant désespérément ce corps à la fois si près et si loin de moi. Mes doigts agissent de leur propre volonté tandis que mon cerveau s'enivre des souvenirs du bel Écossais. Je presse plus fort mon bouton de chair et l'orgasme explose en moi. Mon corps entier se contracte et mon sexe se referme sur mes doigts encore enfouis. De toutes mes forces, je serre les mâchoires pour me retenir de crier d'extase. Ma peau s'embrase sous l'intensité du plaisir qui inonde mes veines. Des flashs multicolores crépitent sous mes paupières fermées, comme un feu d'artifice à l'intérieur de ma tête.

Il suffit d'une dernière incursion pour que je me contracte des orteils aux épaules, tandis qu'un orgasme surpuissant parcourt mes veines. Je suis incapable de bouger.

Mon bassin retombe lourdement sur le matelas. Haletante et trempée au fond de mon lit, je continue de chatouiller lentement mon clitoris, laissant les décharges de plaisir se dissiper peu à peu. Jusqu'à ce que je sombre dans le sommeil…

***Traité des sciences amoureuses***

**Par** Camellia Daléchamps

## Chapitre 17
## Je ne t'écoute pas. Moi non plus.

« Chéri, tu m'écoutes ? »
Votre conjoint hoche la tête mais son esprit semble ailleurs ? Il vous répond à côté ? S'il ne vous écoute pas, c'est sans doute parce qu'il vous connaît par cœur. Explications.

C'est énervant, vexant aussi, lorsque notre partenaire ne nous écoute pas. Mais ce n'est peut-être pas très grave, au contraire. Plutôt qu'un désintérêt prononcé de sa part, un désinvestissement progressif ou même une échappatoire mentale qui met en scène d'autres femmes et d'autres décors, prenons la situation sous un autre angle. Une étude relayée dans un article du *New York Times* avance que si l'on s'écoute mal, c'est parce qu'on se connaît trop bien.

Lorsque l'on parle à un proche, on surestime notre capacité à comprendre et à être compris de l'autre.

Il en résulte que notre écoute et notre communication vont être moins claires et obstruées.

Pour comprendre ce phénomène, les scientifiques ont fait passer un test à plusieurs couples. Les partenaires étaient assis dos à dos, l'un devant interpréter les phrases ambiguës de l'autre. L'exercice a été répété ensuite avec un(e) inconnu(e). Le résultat ? De manière systématique, les inconnu(e)s comprenaient mieux les messages des personnes en couple qui leur expliquaient différemment et donc de manière plus précise.

Lorsque l'on parle à quelqu'un que l'on connaît très bien, on omet certains détails ou l'on ne replace pas forcément tout dans son contexte. De l'autre côté, il existe une tendance inconsciente à faire la sourde oreille parce que vous pensez savoir ce qui sera dit. De la même manière, lorsqu'on parcourt quotidiennement une route, on finit par ne plus faire attention aux panneaux de signalisation.

Nous tenons pour acquis que la communication avec l'être aimé est plus fluide et facile qu'avec des inconnus. Ce qui au fond, est une belle preuve d'amour… mais qui au quotidien peut être irritant ! En réalité, c'est l'inverse qui se produit. Plus nous fréquentons quelqu'un et plus nous le connaissons, plus notre cerveau a tendance à l'anticiper, et devient alors moins vigilant. Face à une personne que nous ne connaissons pas, nous redoublons d'attention, parce que nous ne maîtrisons pas forcément son langage, ses subtilités, sa façon de s'exprimer. Donc, si notre amoureux oublie nos messages ou nos anecdotes, c'est parce que la proximité entre nous est importante. Il nous devine. Mais c'est aussi parce que nous croyons qu'il nous devine que nous faisons moins d'effort quand nous lui donnons des informations.

En résumé, pas de quoi s'alarmer quand le courant circule mal. On peut faire rejaillir l'étincelle par un échange authentique. « Et toi, chérie, tu as passé une bonne journée ? »

# 7

Je n'ai jamais été fan des chemises à manches courtes. C'est le genre d'habits que portait mon père au mois d'août à Deauville. Mais sur Alistair, ça lui donne un côté vintage, un look de flic à Miami, incroyablement sexy. Le tissu lilas moule les contours de son dos, ses épaules, et s'arrête à mi-chemin de ses biceps bombés. Ça me fait drôle de le voir aussi baraqué, lui qui a toujours été à peine plus épais que moi. Pour parachever son look années 1980, un pantalon beige galbe ses fesses rebondies, descend le long de ses jambes fuselées, pour finir sur des espadrilles bleu marine sans chaussettes. Le parfait touriste, auquel je suis assortie, avec mon trio débardeur minishort sandales.

Je me souviens d'une anecdote qui m'est arrivée il y a dix ans, lors d'une rentrée à la fac. J'avais voulu relancer la mode des vestes en jean. Tout l'amphi s'était foutu de moi. Quelques années plus tard, c'était redevenu tendance. C'est comme ça, il y a des gens avec un charisme vestimentaire naturel, Alistair en fait partie. Il serait capable de ressusciter n'importe quelle mode, même celle des sacs banane. Je ne peux m'empêcher d'y penser, en le regardant. Depuis nos retrouvailles à Paris, je n'ai cessé de me réveiller chaque matin en me demandant si ce n'était pas qu'un rêve.

« Pourquoi tu me fixes comme ça, Camellia ? »

Je sursaute et détourne aussitôt les yeux. J'aurais cru que mon petit plaisir solitaire de la veille décoincerait ma gêne à son égard, qu'il réveillerait mon comportement habituel, profondément enfoui dans ma mémoire. C'est plutôt l'inverse qui s'est produit…

« Non… pour rien… Enfin, je trouve que tu as changé… un peu… »

Il esquisse un sourire niais en prenant une pose qui l'est tout autant.

« En mieux ?

— Ça, je n'en sais rien. Plus musclé, c'est sûr. Je croyais que tu n'aimais pas la gonflette. »

Il continue de faire l'idiot, en contractant successivement ses pectoraux, qui ondulent sous sa chemise.

« J'ai eu une croissance tardive, c'est tout. »

Il se fiche de moi. Je sais bien qu'en dix ans, il y a eu d'autres filles. Je voulais juste l'entendre dire.

Oscar Wilde écrivait : « L'homme veut être le premier amour de la femme, alors que la femme veut être le dernier amour de l'homme. » J'ai été la première femme qu'Alistair a embrassée. Je compte bien être la dernière également. Peu importe ce qui s'est passé entre-temps.

Je profite de son humeur enjouée pour lui adresser une tape sur l'épaule. Mais il se rétracte brusquement.

« Je t'ai fait mal ? »

Son sourire s'est envolé, pour laisser place à une neutralité glaciale.

« Oh oui, tu m'as fait mal… il y a treize ans, quand tu as disparu subitement.

— Je…

— Qu'est-ce qu'on fait ici, Camellia ? J'ai accepté de t'accompagner dans ce projet. Ça ne veut pas dire que tout est effacé. J'attends toujours que tu m'expliques les raisons de ta disparition… et de ton retour. »

J'ai envie de poser une main rassurante sur son bras, mais je crains une nouvelle réaction épidermique.

« Je te promets que tout sera expliqué… quand on aura fini.

— Alors, finissons-en. »

Depuis que je l'ai retrouvé, je pense de moins en moins à mes guides précédents. Bishal, Policarpo, Marouane… C'est fou, mais j'ai même du mal à me remémorer leur visage. Dès que je ferme les yeux, c'est celui d'Alistair qui émerge de l'obscurité. Plus j'approche de la fin de ma quête, plus je trépigne d'impatience. Du calme, il ne faudrait pas tout gâcher maintenant, si près du but.

Nous sortons de l'hôtel au petit matin et les rues sont déjà animées. Un concert de klaxons, de bruits de moteurs, de discussions bruyantes et de chants d'oiseaux. Ce pays est un condensé de mes trois aventures précédentes. L'exotisme de l'Asie. La moiteur de l'Amazonie et la chaleur du désert. Je commence à m'habituer au dépaysement. Le décalage horaire, les conditions climatiques. En passant du froid extrême de l'Himalaya à la fournaise du Sahara, on finit par s'endurcir.

« Alors ? demande Alistair sur le perron. Par où veux-tu commencer ? »

J'ai toujours dans ma poche mon fidèle guide touristique. Il me sert aussi d'éventail. Je vous l'ai dit pendant mon voyage dans la jungle colombienne, la chaleur humide est moins supportable que la chaleur sèche. Quand l'air est sec, la transpiration s'évapore rapidement, permettant au corps de refroidir. Mais quand l'atmosphère est déjà gorgée d'humidité, la sueur reste sur la peau. Alors vous continuez d'avoir chaud. Et donc de transpirer. Sans arrêt.

« J'aimerais bien voir les tours Petronas.

— Ce n'est pas très logique. Elles sont à l'autre bout de la ville. Il y a plein de sites à visiter, entre les tours et l'hôtel.

— Est-ce que tu fais toujours tout par logique ? J'ai envie de voir les tours sous cette belle lumière matinale. »

Malgré sa mine bougonne, il semble un peu plus détendu. À moi de faire en sorte que cela dure. Je ne dois pas tout gâcher. Pas si près du but. Détrompez-vous, ce n'est pas en lui faisant des courbettes toute la journée que je ressusciterai notre complicité. Il ne l'avouera jamais, mais il aime qu'on lui donne du répondant. Il déteste les femmes superficielles, sans conversation ni caractère.

Alors, sans lui laisser le temps de protester, j'appelle un taxi en sifflant aussi fort que possible, comme Marouane l'avait fait lors de notre dernier jour à Agadir. Alistair me dévisage d'un air étonné. Il n'a pas l'habitude que je prenne l'initiative. Quand on était ensemble, aussi loin que remontent mes souvenirs, c'est toujours lui qui avait la barre.

Quand le taxi s'arrête à notre hauteur, je lui ouvre même la portière, ce qui achève de graver l'expression circonspecte sur son visage.

Le véhicule nous emmène au pied des deux colosses de verre et de métal. Ils sont aussi impressionnants qu'en photo. En revanche, pour le soleil matinal, c'est raté. Durant le trajet, le ciel s'est couvert d'une épaisse chape grisâtre. C'est le climat du Sud-Est asiatique. On passe de l'éclaircie à la mousson en quelques secondes, comme devant une comédie romantique. Avec tous ces nuages bas, on ne distingue pas le sommet des tours. Elles n'en paraissent pas moins immenses, ancrées dans le sol comme les deux jambes d'un géant.

« De 1998 à 2004, ces tours étaient les plus hautes du monde, culminant à 451 mètres. C'est impressionnant, tu ne trouves pas ? »

Alistair hausse les épaules.

« Juste des gratte-ciel, quoi…

— Tu ne vois pas la différence avec les autres tours voisines ? »

J'agite mon guide touristique sous son nez, en le récitant par cœur.

« "Contrairement aux autres buildings de la capitale malaise construits dans le style international, les tours Petronas témoignent d'une vraie identité nationale et religieuse. Le plan des étages s'inspire notamment des motifs de l'architecture islamique. De l'extérieur, ils donnent l'illusion d'une pile infinie de roues crantées, qui proviennent de la superposition décalée de deux carrés formant des étoiles à huit branches. Sur leurs bords, des demi-cercles viennent arrondir les angles, donnant un peu plus de relief à cet édifice qui tient davantage de la ziggourat que du gratte-ciel moderne." C'est quoi, une ziggourat, au fait ?

— Des hautes tours composées d'un empilement de terrasses, comme la tour de Babel.

— Ah oui, c'est ce qu'ils écrivent aussi. "De la base au sommet, la section des tours diminue progressivement pour finir en une sorte de dôme." Dommage qu'on ne le voie pas. »

J'ai l'impression de retrouver certains symboles que je voyais fréquemment, sur les plus vieux bâtiments d'Agadir. Tout ça semble laisser Aly de marbre.

« Si je t'emmène à Las Vegas, dit-il, tu verras des amphithéâtres, un Colisée, un campanile, des pyramides et même la tour Eiffel. Copiés quasiment à la perfection. Est-ce que tu trouveras ça authentique ?

— Peut-être que dans mille ans, les gens verront ces tours comme des vestiges de notre civilisation et des prouesses de l'époque. De la même façon que tu t'émerveilles des ruines gallo-romaines. Tu ne t'intéresses jamais à l'avenir ?

— Justement, c'est ce que je fais.

— Comment ça ?

— C'est en apprenant des erreurs du passé qu'on ne les refait pas à l'avenir.

— Encore faudrait-il pouvoir reconnaître ces fameuses erreurs…

— Qu'est-ce que tu veux dire ? »

Ce n'est pas encore le moment d'aborder ce sujet, alors je l'attrape par la manche pour couper court à la discussion.

« Viens, suis-moi…

— On va où ?

— S'envoyer en l'air. »

Les deux tours Petronas sont reliées par une passerelle à mi-hauteur, maintenue par des armatures obliques. Pratique pour passer d'un bâtiment à l'autre, sans avoir à sortir. Ce pont suspendu est entièrement vitré, à l'exception du sol. D'ici, on a une vue imprenable sur la ville. D'en bas, je n'avais pas remarqué à quel point elle est parsemée de verdure. Imaginez une jungle urbaine fusionnée avec une forêt luxuriante. Kuala Lumpur offre un paysage atypique, où la technologie côtoie la nature au plus près, signe que le pays s'est développé à une vitesse extraordinaire. Ce n'est pas du tout le paysage que la marquise de Vertmillon a dû voir.

Je colle mon nez à la vitre pour mieux apprécier ce panorama époustouflant. Du coin de l'œil, je remarque qu'Alistair préfère me regarder.

« Pourquoi tu me fixes comme ça ?

— Tu n'as plus le vertige ? »

Je lui envoie un sourire provocateur.

« Eh non, ces derniers temps, j'ai décidé de combattre mes peurs. Je ne suis plus la froussarde indécise que tu as connue.

— Et où va-t-on ensuite, madame la courageuse ? »

Après un moment passé à contempler la capitale, il me vient une idée.

« Aly, on va jouer à un jeu. Je te donne trois mots et tu devras retrouver le souvenir auquel je fais allusion. Si tu gagnes, tu choisis la destination. Si tu perds, c'est moi qui choisirai. Ensuite, on inverse les rôles. »

Son air nonchalant se dissout dans une mine satisfaite. Malgré sa méfiance, je savais qu'il n'y résisterait pas. Il adore les petits jeux, sans doute parce qu'il gagne à tous les coups. Sauf aujourd'hui.

« Très bien. Honneur aux dames. »

Je sais déjà par où commencer.

« Montagne. Froid. Chocolat. »

Il esquisse un sourire gêné, et moi aussi. Non, je ne fais pas allusion à mon aventure de l'an dernier dans l'Himalaya. Avant le Népal, la montagne m'avait déjà joué quelques tours.

« Notre classe de neige, en CM1… »

Un séjour mémorable, pas dans le bon sens du terme. Mes parents ont eu l'idée lumineuse de m'acheter une combinaison entièrement rose, avec une chapka assortie. Autant vous dire que je ressemblais à un petit cochon sur des skis. D'ailleurs, les skis étaient superflus, j'ai passé la plupart du temps à dévaler les pistes sur les fesses ou sur le ventre.

Mais ce n'est pas le pire. Le dernier jour, Alistair et moi nous sommes retrouvés coincés ensemble sur le télésiège. En théorie, qui n'a pas envie de rester plusieurs heures collé à son *crush* ? En pratique, c'est beaucoup moins enviable. Vous connaissez la loi de Murphy ? Elle a été énoncée par un ingénieur aérospatial du même nom. Non, ce n'est pas un théorème d'astrophysique. Plutôt un principe fondamental de l'univers. Il énonce que tout ce qui est susceptible d'aller mal, ira mal. Par exemple, c'est toujours la file d'à côté qui avance plus vite. Tout objet glissé sous un meuble sera invariablement à une distance égale à la longueur de votre bras, plus un centimètre.

Pour moi, cette loi s'est vérifiée le jour de l'incident, en me faisant oublier mes moufles au chalet. Sans parler du vent, littéralement mordant. La journée la plus froide depuis qu'on s'amuse à compter les jours froids. J'avais beau souffler dans mes mains, elles ne cessaient de se craqueler, comme la surface d'un lac gelé. Alistair non plus, n'avait pas de gants. Il a pris mes mains dans les siennes et les a couvées, jusqu'à ce qu'on soit libérés. De retour, on nous avait réchauffés avec le meilleur chocolat chaud que j'aie jamais goûté.

À l'époque, je n'avais pas compris pourquoi Alistair avait passé tout le voyage retour avec les mains dans les poches. Plus tard, j'ai appris que le froid lui avait causé de terribles engelures aux doigts, à tel point qu'il avait du mal à écrire, à notre retour en classe. Je culpabilisais, j'enrageais de ne pas pouvoir l'aider. Alors j'ai supplié mes parents de lui fabriquer une crème. Je crois que c'est ce jour-là, que j'ai su pour de bon que je voulais travailler dans la santé. Concevoir des produits pour soigner les gens qu'on aime. Y a-t-il métier plus valorisant ?

« Grâce à toi, dit-il, je suis devenu beaucoup moins frileux.

— Et grâce à toi, j'ai encore mes dix doigts. »

Mon bras se contracte et ma main s'avance vers la sienne, comme dotée de sa volonté propre. Je dois mobiliser toutes mes forces mentales pour la retenir. Non, c'est encore trop tôt. Je le connais, il fait mine d'être à l'aise, étale sa science. Mais dès que la situation devient trop intime, il se replie derrière sa forteresse et relève le pont-levis. Ce sera un long siège pour en venir à bout, digne de la guerre de Cent Ans.

« Bon, se réjouit Alistair, puisque j'ai deviné, c'est à moi de choisir la prochaine destination.

— Où va-t-on ?

— À Chinatown ! »

Nous quittons donc l'effervescence du quartier d'affaires, pour rejoindre celle du quartier chinois. Immense marché à ciel ouvert, une ville dans la ville. Un nuage d'odeurs hétéroclites et piquantes m'enveloppe, aussitôt que j'entre dans ce dédale de rues aussi étroites que bruyantes. Un labyrinthe de petites allées bordées d'échoppes de souvenirs, autour d'une grande halle couverte et climatisée. Si le charme du quartier est authentique, les marchandises qui y sont vendues, le sont un peu moins. Beaucoup de vêtements et d'accessoires de marque, à la griffe maladroitement imitée. Je tire la manche d'Alistair.

« Tu me fais la leçon sur l'architecture sans âme puis tu m'emmènes dans un marché aux contrefaçons. Pas très logique de ta part…

— Ce ne sont pas les babioles qui m'intéressent. »

Ce qui l'intéresse, nous finissons par le découvrir au détour d'une rue. Engoncé entre deux bâtisses plus petites s'élève une construction pour le moins… atypique. Son toit est composé d'un empilement de centaines de statuettes, représentant des humains, des animaux, parfois des êtres hybrides, avec deux bras ou bien plus. Elles s'élèvent si haut, en une pyramide dont les perspectives donnent l'impression de toucher le ciel. Toutes les couleurs sont représentées, sans qu'aucune ne paraisse prédominer. Elles sont déclinées dans chaque nuance, infinité de camaïeux qui excitent l'œil autant qu'ils apaisent l'esprit.

Alistair sort son téléphone pour prendre une photo.

« Le Sri Mahamariamman. Le plus ancien temple hindou de Kuala Lumpur. »

Une idée subite me pique.

« Et si on faisait un selfie ? »

Ma demande le prend au dépourvu. Sans lui laisser le temps d'hésiter, je me place juste à côté de lui, à la limite de le toucher. C'est notre pose habituelle pour les photos. Celles qu'on a effectuées devant la tour Eiffel, la tour de Londres, Versailles, Buckingham…

Alistair fait pivoter l'appareil et nous immortalise devant la porte principale du temple. Celle-ci est surmontée d'un épais linteau incrusté d'or et de pierreries, sur lequel se dessinent deux chevaux cabrés, sous une foule de divinités multicolores.

Il faut se déchausser avant d'entrer. Je dois dire que c'est très agréable, surtout quand on a arpenté la ville chaude et humide, de se retrouver pieds nus sur les dalles de marbre froid.

Nous y pénétrons, et un vent de spiritualité, mêlé aux fragrances d'encens, nous enveloppe aussitôt. J'aère mes orteils en déambulant à travers la myriade de croyants, dont certains s'enduisent le front d'une poudre colorée. D'autres arborent des colliers de fleurs éclatantes. D'autres encore prient des statuettes anthropomorphes, mi-humains, mi-animaux. Éléphant, aigle, singe, serpent…

L'endroit est très populaire, peuplé par autant de pratiquants que de touristes. L'impression de foule est renforcée par les très nombreuses statues, à taille humaine. En matière de couleurs, l'intérieur n'a rien à envier à la façade. Ce déluge visuel ravive les souvenirs de mon aventure. L'occasion d'en mettre plein la vue à mon guide.

« Ça me rappelle les drapeaux de prière, qu'on trouve au Népal. Bleu pour le ciel, blanc pour le vent, rouge pour le feu, vert pour l'eau et jaune pour la terre. »

Alistair me dévisage longuement. Je me délecte de ces quelques secondes d'anticipation, avant qu'il… ne plisse les yeux et secoue la tête. Qu'est-ce que… ?

« Ce sont des drapeaux bouddhistes. Nous sommes dans un temple hindouiste. »

Comble de la frustration, c'est maintenant lui qui arbore le sourire que je me réservais.

« Tu ne me demandes pas la différence ?

— Tu allais me l'expliquer de toute façon…

— Les deux religions sont nées en Inde. Le bouddhisme est une remise en question de l'hindouisme. Les hindous croient à des milliers de divinités différentes, dont les trois principales, Brahman le créateur, Vishnu le préservateur, et Shiva la destructrice. Mais cette religion n'a pas officiellement de fondateur, ni prophète, ni clergé. Les bouddhistes, de leur côté, rejettent l'idée même d'un dieu créateur.

— C'est un peu compliqué…

— Beaucoup plus que tu ne l'imagines. En résumé, les deux cherchent à atteindre l'éveil, le nirvana. Les hindouistes améliorent leur karma par la dévotion aux dieux et la pratique scrupuleuse des rituels quotidiens. Les bouddhistes, comme leur nom l'indique, suivent l'enseignement de Bouddha, cherchent le bonheur par les bonnes actions, la compassion, l'altruisme et le rejet des désirs. »

J'ai beau avoir étudié les sciences les plus pointues : neurophysiologie, métabolomique, pharmacocinétique… j'ai toujours trouvé les religions d'une complexité extrême. Je suis contente d'en être restée éloignée.

Nous sortons du temple l'esprit apaisé, comme si nous avions voyagé dans le temps.

« À toi de jouer », lui dis-je.

Il se met à réfléchir quelques instants, un air malicieux sur le visage.

« Baignade, morsure et…

— Stop ! N'en dis pas plus ! »

Il avait de toute façon du mal à finir sa phrase, tant il est hilare. Non, ce n'est pas mon plongeon au milieu des piranhas qu'il évoque. L'Amazone n'était pas ma première expérience avec des créatures en eaux troubles. Deux ans après notre mésaventure en montagne, nous nous sommes retrouvés en classe découverte, cette fois à la mer. Il faisait très chaud ce jour-là. Si chaud que je n'ai pas pu m'empêcher de tremper mes pieds, malgré l'interdiction de baignade. Ah, que c'était agréable. Sentir le souffle des vaguelettes à la surface de ma peau, laisser la fraîcheur de l'eau envelopper mes jambes…

et souffrir le martyre lorsque la méduse a effleuré ma cheville !

« Et c'est une piqûre, pas une morsure. »

Quoique, à proprement parler, ce n'est même pas une piqûre. En moins d'une seconde, la méduse dépose sur la peau des filaments, composés de milliers de cellules urticantes. La douleur est insupportable. L'impression qu'on vous plante un milliard d'aiguilles chauffées à blanc, sur quelques centimètres carrés. Autant de petits boutons rouges qui apparaissent aussitôt, et finissent par se rejoindre en une plaque épaisse et boursoufflée.

Si vous connaissez un jour, comme moi, ce genre d'expérience, voici trois conseils pour la rendre moins désagréable :

D'abord, laver la zone avec de l'eau de mer. L'eau douce est déconseillée, car elle peut faire éclater les cellules urticantes.

Ensuite, essayer d'enlever les filaments prudemment, avec du sable, une carte ou votre serviette.

Enfin, ne jamais – je dis bien *jamais* – uriner sur la piqûre, même si un beau blond tente de vous persuader.

Car c'est exactement ce que cet idiot a fait. Devant toute la classe, il n'a rien trouvé de mieux que de sortir son tuyau et me pisser sur le pied ! Il avait vu ça dans un film. Je lui ai répondu par une baffe monumentale. J'ai vu ça dans un film aussi.

Il a continué de me charrier régulièrement avec cette anecdote jusqu'à… jusqu'à aujourd'hui en fait. Je crois qu'il n'arrêtera jamais d'en rire. Cela aura au moins eu le mérite de le détendre un peu. Petit à petit, brique par brique, je déconstruis la muraille de sa forteresse.

« Bon, puisque j'ai deviné ton "souvenir", je choisis la prochaine destination. »

Et je sais déjà où je veux aller.

Les Jardins du lac de Kuala Lumpur sont un poumon vert au cœur de cette ville qui n'arrête jamais. Cet endroit me rappelle la Cité fleurie, mon lieu préféré à Paris pour échapper à l'effervescence citadine. Celui-ci est beaucoup plus vaste. Aménagé autour de deux lacs, le parc est divisé en plusieurs secteurs. Notre visite commence par le jardin des orchidées. Il porte bien son nom. Des centaines, non, des milliers de fleurs délimitent un sentier naturel, qui aspire nos pas. Nous entrons alors dans une nouvelle dimension. Un univers parallèle où mes sens seraient décuplés. J'assiste à une débauche de pétales, sépales et tépales. Le long d'un petit chemin s'étendent des fleurs de toutes les couleurs : orange, vert pomme, jaune citron, rouge framboise. Les tons se déclinent à l'infini dans des corolles parfois striées, souvent mouchetées, avec un contraste saisissant. De toutes les formes aussi : à feuilles larges, fines ou en lanières, lisses, pliées, frisottées… Et de toutes les tailles, certaines plus petites qu'un ongle, d'autres aussi grandes qu'une main.

Après ce raz-de-marée visuel, je suis ensevelie sous une avalanche de fragrances, qui se synergisent en un parfum floral apaisant. Un arôme de sérénité, dont chaque inspiration clarifie mes pensées. J'ai toujours été fascinée par le pouvoir du nez sur notre cerveau. Les odeurs activent notre système limbique, la zone responsable des émotions et de la mémoire. Elles révèlent un souvenir, activent des sentiments et influent sur notre comportement. Par exemple, sentez un tube de crème solaire et vous vous reverrez aussitôt à la plage, détendue. Il existe même une science, l'olfactothérapie, qui utilise les odeurs pour traiter les déséquilibres psychiques.

Arrivée au pied d'un nouveau plant aux tons pastel, je me tourne vers Aly.

« Tu sens ? On dirait un mélange de cannelle et de noix de coco. »

Il secoue la tête, ce qui ne m'étonne pas. Les femmes ont un odorat plus fin que celui des hommes. Ce n'est pas une question de nez, mais de cerveau. Les cellules ciliées qui tapissent les nez féminins ou masculins sont identiques. En revanche, les zones cérébrales responsables du traitement des informations provenant du nez contiennent jusqu'à 50 % de neurones en plus, chez les femmes. Les chercheurs interprètent cette différence comme une adaptation ancestrale, afin de trouver le meilleur partenaire pour la reproduction. Cette hypothèse est soutenue par le fait que l'odorat des femmes s'intensifie en période d'ovulation. Comme quoi, même en fouillant dans la tête on en revient toujours au cul !

Nous ne sommes pas au bout de notre émerveillement. Après les orchidées, nous traversons une zone remplie d'hibiscus, autour desquels volettent des papillons lumineux, aux ailes iridescentes. Un sentiment de nostalgie m'envahit.

« Ça me rappelle l'Amazonie ! »

Parfois, je me souviens que cette jungle n'était pas seulement un immense coupe-gorge. Si elle avait mille façons de vous tuer, elle en avait un million de créer la vie, sous toutes ses formes. La plus incroyable biodiversité de la planète, abritant tout ce qui porte des feuilles, des plumes, des poils ou des écailles.

Alistair pouffe involontairement.

« Toi, tu es allée en Amazonie ?

— C'est si difficile à croire ?

— La Camellia que j'ai connue avait peur de marcher sur les grilles d'aération du métro.

— Les gens changent, Aly. Tu n'y fais pas exception.

— Ah oui ? En bien ou en mal ?

— Je n'ai pas encore décidé. »

Petit à petit, la faune s'empare des lieux. Ce jardin débouche sur un parc de daims, lui-même menant à l'une des plus grandes volières au monde. Là encore, la couleur est omniprésente. Paons, perroquets et flamants rivalisent de leur plus beau plumage. De leur ramage aussi, les gazouillis résolus répondant aux chants plus complexes, pour baigner l'endroit dans une harmonie céleste.

Arrivés à l'autre extrémité de cet immense parc, nous tombons sur un planétarium, perché au sommet d'un escalier bleu. Je m'arrête pour l'observer longuement.

« Tu veux le visiter ? » demande Alistair.

Je secoue la tête.

« Alors pourquoi tu le regardes comme ça ?

— Dis, Aly, tu te souviens de notre étoile ? »

Il répond du tac au tac.

« L'étoile Polaire ? Oui, bien sûr. On l'avait choisie quand on était allés en secret sur la terrasse de cet immeuble, le jour de la fête nationale.

— Et de notre premier baiser… »

Alistair a une excellente mémoire. Ça peut paraître surprenant mais j'ai toujours détesté ça chez lui. Pourtant, on aimerait toutes un mec qui n'oublie jamais notre anniversaire, d'acheter du lait ou le déjeuner prévu de longue date chez les parents. Mais parfois, je me demande si Alistair se rappelle nos anecdotes parce qu'elles l'ont marqué, ou juste de manière factuelle, parce qu'il s'en souvient. Mes souvenirs à moi sont profondément greffés à mes émotions. Les deux se ravivent mutuellement. Comme lors de ce fameux 14 juillet. Ce soir-là, les feux d'artifice étaient dans mon cœur !

« En parlant de souvenir, dit-il, c'est à qui de jouer ?

— À moi. »

Il est temps de pimenter un peu la partie.

« Noël. Gui. S'embrasser. »

Pour la première fois depuis… depuis toujours, peut-être, son visage affiche une incompréhension totale. Il fronce les sourcils et un trait horizontal se dessine au milieu de son front. Comme s'il se creusait la tête au point de sillonner cette toute nouvelle ridule.

« Je… Je donne ma langue aux chiens.

— Aux chats. »

Il adore les expressions françaises, bien qu'il les déforme sans arrêt. Et moi, j'en ai une particulièrement adapté à la situation.

« Bienheureux sont les ignorants…

— À quel souvenir tu pensais ?

— Je te laisse chercher. Après tout, tu aimes creuser le passé.

— Vas-tu au moins me donner la prochaine destination, puisque c'est à toi de choisir ? »

Je secoue la tête. Le faire mariner a quelque chose de jouissif. C'est comme regarder un film ou une série que vous avez déjà vu, avec quelqu'un qui n'en connaît pas les retournements de situation. Vous prenez un malin plaisir à distiller des indices, suffisamment subtilement pour que l'autre ne se rende compte de rien.

« Il y a quelque chose que j'ai très envie d'essayer. »

# 8

Vous l'avez constaté, Kuala Lumpur est sans doute l'une des métropoles les plus cosmopolites. L'endroit dans lequel nous venons d'entrer n'y fait pas exception.

À première vue, la déco ressemble à celle d'un *diner* américain des années 1960. Carrelage en damier noir et blanc. Banquette rembourrée au vinyle coloré, tables en Formica cerclées d'inox, plaques murales et néons *flashy*. Au-dessus du comptoir, des panneaux décrivent le menu. Bien sûr, nous sommes en Asie, alors l'affiche papier a depuis longtemps évolué en un écran LED défilant. Sur une étagère s'alignent des orchidées aussi somptueuses que celles du jardin que nous avons visité plus tôt.

La carte affiche des plats aux consonances arabes, indiennes et chinoises, tandis que la sono diffuse des airs suraigus de k-pop. Ce café est un condensé de ce que la capitale malaisienne nous a offert jusque-là. L'influence occidentale sur la mégalopole grandiloquente. L'aspect spirituel. La nature. D'ordinaire, quand un établissement cherche à plaire à tout le monde, c'est mauvais signe. Mais ici, le multiculturalisme est une identité à lui seul.

Ce n'est pas seulement le café qui est cosmopolite. Ses clients aussi. Quatre font la queue, juste derrière nous.

La première, une femme. La seule qui pourrait bien être du pays. Elle porte un sari couleur prune, qui enveloppe entièrement sa petite silhouette charnue. Dans sa tenue, elle me fait penser à Sajita, la femme de Kamal, chef du village népalais de ma première aventure.

Ensuite, un homme à la chevelure grisonnante et aux tempes dégarnies. Il a ce genre de visages auxquels on a du mal à donner un âge précis. Il pourrait aussi bien être un quadra usé qu'un sexagénaire bien conservé. Malgré la chaleur accablante, il porte un costard noir sans cravate, avec une chemise blanche dont le col déboutonné laisse entrevoir un torse velu.

Derrière lui, un autre homme, beaucoup plus jeune. La trentaine, ou pas loin. Il porte un marcel faisant la part belle à ses biceps musclés, dont l'un est recouvert de tatouages tribaux, ondulant à mesure qu'il s'évente avec son passeport australien. Comment je sais qu'il est australien ? Vous connaissez beaucoup de passeports avec un kangourou et un émeu sur l'emblème ? Sans ça, j'aurais été incapable de le géolocaliser, car il ressemble plus à un viking qu'à un surfeur. Une barbe très fournie, dont certaines mèches sont réunies en fines tresses, maintenues par des perles métalliques. De longs cheveux châtains, aux extrémités blondies par le soleil, qui lui tombent sur les épaules.

Enfin, derrière lui, une jeune femme d'une vingtaine d'années, aux traits asiatiques. Elle n'a pas le teint hâlé des locaux. Je la dirais plutôt coréenne ou japonaise. Sur son visage de porcelaine tombe une coupe carrée avec frange, si lisse que rien ne semble pouvoir la décoiffer. Ses cheveux, profondément noirs, sont clairsemés par quelques mèches violettes. Elle est habillée comme une lolita, avec une jupe rose bouffante agrémentée de jupons en dentelle, chemise blanche à froufrous au col haut, et souliers vernis.

« Tu as déjà faim ? s'étonne Alistair. Moins froussarde, peut-être, mais ta gloutonnerie n'a pas disparu.

— On n'est pas là pour manger. »

J'agite ma montre aux aiguilles feuilles de saule sous son nez, oubliant qu'elle est cassée.

« C'est l'heure du thé, votre majesté ! »

Du bout du menton, il désigne les écrans où s'affiche la carte.

« Je ne vois pas de thé au menu. »

Ce menton carré, où naissent quelques timides poils blonds, je rêve de l'attraper pour le faire pivoter de quelques degrés. Mais c'est sans doute trop ambitieux. Alors je me contente de lever le mien (sans poils !), pour lui montrer l'image d'un large mug rempli d'une boisson caramel.

« Le *teh tarik*. C'est la boisson nationale ici. Du thé noir avec du lait concentré. »

Il tire la grimace.

« Ça ne m'inspire rien. Tu sais que je ne bois que…

— De l'earl grey ? T'es un peu chochotte, non ? »

Je me surprends à employer les mêmes mots que Dahlia, lorsqu'elle essayait de me piquer. Le moins que l'on puisse dire, c'est que ça fonctionne.

« OK, soupire-t-il, mais la plus petite taille, et tu devras sans doute finir. »

Nous avançons vers le comptoir, où le gérant nous accueille avec un grand sourire, avant de nouer autour de sa tête un bandana orange. Il est assorti à son long tablier, floqué d'un tigre rugissant. Je crois qu'il est torse nu en dessous. Bras nus en tout cas. Et quels bras ! Je ne crois pas en avoir déjà vu d'aussi musclés. Même pas chez Bishal ou Policarpo. Ce sont des biceps de body-builder, aussi larges que mes cuisses !

« Deux *teh tarik*, s'il vous plaît. Un moyen pour moi, et un petit pour le jeune homme. »

Le gérant valide ma commande d'un signe de tête, avant de me tendre un ticket. Il verse aussitôt le contenu d'une casserole bouillante dans une première tasse, qu'il transvase immédiatement dans une seconde. La boisson a une couleur beige, tirant sur le marron.

Alistair se penche vers moi.

« Je vois que tu as amélioré ton anglais. »

Je lui réponds dans sa langue.

« Entre autres choses… »

En y repensant, c'est vrai que j'ai énormément étoffé mes connaissances linguistiques depuis le début de mon aventure. Avec Bishal au Népal, nous n'échangions que dans la langue de Shakespeare. Mes progrès les plus spectaculaires sont sans aucun doute en espagnol, pendant tous ces jours passés avec Policarpo et les Ticunas en Colombie. Cerise sur le gâteau (*icing on the cake*), j'ai même pu étrenner quelques notions d'arabe au Maroc, avec un peu moins de succès.

Les autres clients passent commande. Tous prennent un *teh tarik* taille moyenne. Il faut dire que le grand modèle paraît vraiment énorme.

Commence alors un show saisissant. Avec une dextérité presque magique, le cafetier envoie le breuvage valser d'un récipient à l'autre. Ses mains vont si vite qu'elles semblent jouer avec un ruban. Ça me rappelle la dextérité de Latifa, la gérante d'un café d'Agadir, qui versait le thé depuis des hauteurs vertigineuses. Cette fois, c'est même encore plus dynamique et spectaculaire.

Le liquide vole horizontalement, verticalement, en diagonale, au-dessus de sa tête, en dessous, partout. Au fur et à mesure, des bulles se forment.

À chaque va-et-vient, une fragrance indescriptible s'immisce dans mes narines, mélange de goûter d'enfance et de terrasse d'été. C'est une odeur puissante, qui me met l'eau à la bouche. Ce n'est pas tout. Voir le liquide déferler exerce aussi un effet pressant… sur ma vessie.

« Attends-moi ici… »

Je quitte la file d'attente pour me diriger vers les toilettes, adjacentes au comptoir. À la place de la sempiternelle porte battante, je me retrouve face à une cloison verrouillée par un boîtier à digicode. L'Asie, je vous dis…

Je me tourne vers le gérant, qui dépose déjà ma tasse au bord du comptoir.

« Quelle est la combinaison ?

— Elle est en bas du ticket. »

Sa voix est si profondément rauque qu'on la croirait trafiquée avec un logiciel.

Pendant que mes yeux fatigués par le voyage tentent de déchiffrer l'encre à moitié délavée, l'un des clients me passe devant, sans ménagement. C'est le pseudo-quinqua en costard. Comme quoi, la sagesse ne vient pas forcément avec l'âge. Quel mufle !

D'une main, il tient son propre ticket. De l'autre, il pianote sur le clavier, qui lui répond par un grésillement mécontent.

« Ça ne marche pas, votre truc ! »

Il parle anglais avec un accent latino très prononcé. Pourtant je l'ai vu, il a bien tapé la bonne combinaison. 0 – 8 – 0 – 4.

Le gérant secoue la tête comme s'il venait d'avoir l'illumination.

« Toutes mes excuses, je viens de me souvenir que nous l'avons changée la semaine dernière. Tapez 0 – 8 – 0 – 6. »

Nouvel essai. Cette fois, après quatre bips aigus, la cloison soubresaute légèrement, et se laisse ouvrir sans difficulté. Avant qu'il ne s'engouffre dans les WC, je lui jette un regard noir, qu'il ne semble même pas remarquer. Heureusement, il ne s'attarde pas et me laisse rapidement la place.

Au sortir des toilettes, je découvre que les deux autres clientes font la queue pour y accéder. Tandis que la première prend ma place, je retrouve Alistair et le gérant. Ce dernier finit tout juste ses acrobaties avec la petite tasse d'Aly. La mienne est déjà prête et m'attend au bord du comptoir. À son sommet, le liquide s'immobilise sous un épais nuage de mousse. Il en émane une odeur encore plus exquise, qui fait gargouiller mon estomac. Cette tasse me paraît bien petite pour le remplir, même s'il m'arrive d'avoir les yeux plus gros que le ventre. Au même moment, la cliente en sari émerge des cabinets et reprend sa place dans la file d'attente. J'ai une idée…

D'un geste timide de la main, j'attire l'attention du cafetier virtuose. Je crois qu'il devine à mon sourire où je veux en venir.

« Euh… Est-ce que je pourrais avoir un grand modèle, finalement ? Vous n'avez qu'à donner le mien à la dame après moi, elle avait pris un moyen. »

Alistair se penche vers mon oreille.

« Est-ce bien raisonnable ? »

Le gérant, lui, acquiesce avec un large sourire.

« Ne soyez pas gênée, c'est même un compliment que vous en vouliez davantage ! »

Je propose ma commande à la cliente derrière moi, qui l'accepte volontiers. Puis, à toute vitesse, le cafetier réagite le contenu de sa casserole, avant de le vider dans un récipient de la taille d'une pinte.

Aly et moi nous installons à une table, au centre du salon. Encore sous l'effet de ma provocation sans doute, il ne perd pas de temps pour porter le mug à sa bouche.

« Alors ? » je lui demande.

Il esquisse une grimace.

« Je crois que je viens d'avoir du diabète… »

Je le goûte à mon tour. C'est vrai qu'il est très sucré, ce thé. Un peu trop à mon goût. Vous vous êtes déjà demandé pourquoi on aime certains aliments et pas d'autres ? La réponse à ce mystère se trouve dans notre code génétique. Il détermine comment notre cerveau analyse les messages sensoriels, à l'aide de récepteurs codés dans des régions du génome avec de fortes variations. Celles-ci peuvent nous donner des perceptions différentes, et expliquer pourquoi tout le monde n'aime pas les mêmes aliments.

Ce n'est pas qu'une question de confort. Notre sens du goût nous a littéralement sauvé la vie. Les premiers êtres humains de la planète ont dû trouver un moyen de distinguer les meilleurs aliments des mauvais. Ainsi, notre faculté à détecter les goûts amers a été développée comme un mécanisme de défense contre les toxines nocives contenues dans certaines plantes. En parallèle, notre corps nous attire vers les sources de glucose (et donc d'énergie) facilement disponibles. Une ruée vers le sucre indispensable à la survie, car les aliments n'étaient pas facilement accessibles comme ils le sont aujourd'hui.

Mes papilles entraînées détectent néanmoins une micropointe d'amertume. J'ai cru lire dans mon guide que le thé noir de la région, particulièrement amer, est quasi imbuvable tel quel. Alors les locaux ont eu l'idée de l'adoucir avec du lait condensé. C'est ainsi qu'est né le *teh tarik*.

Je replonge mes lèvres dans le thé. Il n'est pas mauvais, loin de là ! Enfant, je l'aurais sans doute adoré. Moins, avec mon palais d'adulte. Vous avez lu plus haut pourquoi nous aimons la saveur sucrée. Mais il existe aussi une raison pour laquelle nous l'apprécions moins, avec l'âge. Nous venons tous au monde avec une attirance marquée pour le sucre. Ça nous permet d'être naturellement attirés par le lait maternel. Cette préférence s'estompe à la fin de l'adolescence, et de la période de croissance.

Une troisième gorgée pour me faire un avis définitif. Mais je manque d'avaler de travers lorsqu'un bruit de chaise renversée déchire la salle. Je sursaute et tombe presque de mon propre siège.

Je me retourne. La femme en sari s'est levée d'un bond. Elle se tient immobile, sous les regards interloqués des autres clients. La bouche grande ouverte, sans que le moindre son n'en sorte. Ses yeux exorbités me fixent, dans un air de profonde détresse.

« Elle s'étouffe ! » s'écrie quelqu'un.

Sans hésiter, je me précipite auprès d'elle. L'instinct de la professionnelle de santé, sans doute.

« Madame ? Madame ! »

Pas de réponse. Toujours debout, elle alterne entre prostration et cambrage intense. Ses mains s'ouvrent et se ferment frénétiquement devant elle, comme si elles cherchaient à agripper la moindre parcelle d'air. Puis elle les porte à sa gorge. Ses doigts tirent le col de son sari, au point de le déchirer. Elle arrache le tissu comme s'il brûlait sa peau.

D'abord, je lui donne une tape dans le dos. Puis une autre, un peu plus appuyée. La cinquième est carrément violente, sans que cela n'arrange sa situation.

Je passe alors au plan B : la célèbre méthode de Heimlich, qui consiste à comprimer les poumons par le bas, pour que la surpression déloge l'objet coincé. Pour commencer, je me place derrière la victime, un pied entre les siens. Je mets mon poing fermé dans le creux de son estomac, entre le nombril et les côtes. Je place mon autre main par-dessus le poing. Puis j'exerce des tractions vigoureuses vers moi et vers le haut à la fois. Une pression vers l'arrière, puis une pression vers le haut, en un mouvement puis une pause entre chaque mouvement. Sans succès.

Quelque chose ne tourne pas rond. Il n'y a pas de raison qu'elle puisse s'étouffer avec une gorgée de liquide, même un peu épais comme celui-ci. Pourtant, on ne peut pas dire qu'elle joue la comédie. Sa peau caramel s'éclaircit à vue d'œil, blanchit, au point de laisser apparaître des dizaines de veines bleues, dilatées à mesure qu'elle essaye désespérément d'inspirer. Ses lèvres tremblantes affichent une inquiétante teinte violacée, qui se renforce à chaque seconde.

Les autres clients m'observent dans un silence de mort, aussi impuissants que moi. Pourquoi… pourquoi ça ne fonctionne pas ? Si je tape plus fort, elle se brisera en mille morceaux avant qu'elle n'ait le temps de mourir étouffée.

Ses jambes se dérobent sous elle. Impossible de la retenir. Elle me glisse entre les bras, puis entre les doigts, avant de s'écrouler sur le carrelage. De la tête aux pieds, son corps est pris de terribles convulsions. Non, ce n'est pas une crise d'épilepsie. La dernière fois que j'ai vu des spasmes aussi frénétiques, c'était dans la jungle amazonienne, avec un mercenaire intoxiqué par le venin surpuissant d'une grenouille.

Après une dernière salve de convulsions, elle finit par s'immobiliser, complètement. Elle ne respire plus, et je ne suis pas loin de l'imiter, tétanisée, terrorisée par la scène. Quand un filet d'écume jaillit entre ses lèvres violacées, je comprends qu'il ne s'agit pas d'un simple étouffement.

Derrière moi, la jeune cliente asiatique désigne la défunte d'un index tremblant.

« Est-ce… est-ce qu'elle est… ? »

C'est bien pire que ça.

« Elle a été empoisonnée. »

# 9

Je me suis lancée dans cette aventure dans l'optique de percer les secrets de l'amour. Je ne m'attendais pas à en apprendre autant sinon plus… sur la mort.

La première fois, c'était dans l'Himalaya. Nugah, le mercenaire brutal passé par-dessus le ravin. Une chose terrible, paradoxalement, est de ne pas l'avoir vu tomber de mes propres yeux. Qu'y a-t-il de pire que d'avoir une image traumatisante en tête ? En avoir des milliers, que l'on imagine sans cesse. Pire encore, se savoir responsable de ce drame. Je me rassure en songeant que ce n'était pas vraiment moi… Plutôt la bête féroce qui loge dans un coin de ma tête. N'en parlons pas trop, ça fait un moment qu'elle est endormie. Je dois ce miracle aux séances de *self-control* avec Dolores dans la prison de Bogota. Elle m'a appris à intérioriser ma rage, à la dévier vers un recoin de mon cerveau où elle sera inoffensive, pour les autres comme pour moi.

La deuxième fois, c'était en Amazonie. J'ai vu la grande faucheuse de bien plus près. Et elle n'était pas jolie. Adonis, le géant de l'organisation qui cherche à s'approprier la formule de la marquise. Quitte à me prendre la vie. Lui, je l'ai vu mourir de près. De trop près, même. Après lui avoir mis le feu, je l'ai regardé se faire dévorer par les piranhas. J'en fais encore des cauchemars ! C'était lui ou moi.

D'ailleurs, dans le Sahara peu de temps après, j'ai bien failli y passer moi aussi. Toute seule, comme une grande. Enfin, pas vraiment toute seule. J'étais avec Marouane. La chaleur et la soif étaient sur le point d'en finir avec nous. C'est marrant (façon de parler), quand on voit la mort arriver, on pense d'abord à soi, à tout ce que l'on n'a pas eu le temps de dire ou de faire. Mais ensuite, quand la fin est vraiment imminente, on pense à nos proches. Ce qu'on leur laisse, ce qu'on ne leur laisse pas. Ce qu'ils vont penser, ressentir…

Aujourd'hui, enfin, je vois la mort plus près que jamais. Juste sous mes yeux, habillée en sari violet. Je commence à croire que cette quête est maudite. À moins que ce ne soit moi qui porte cette malédiction.

Nous n'avons pas prononcé un mot depuis la tragédie, nous contentant d'attendre les secours. Cela fait une bonne demi-heure que nous patientons en silence. Personne n'ose se regarder ni se parler. Le gérant a aplati ses cent kilos de muscles sur la porte d'entrée, pour nous empêcher de quitter les lieux, surtout le mufle au costard.

Alistair et moi sommes retournés à notre table, devant nos tasses au contenu déjà froid. Dans le doute, nous n'y avons plus touché. Les autres clients non plus.

« Aly, ça va ? »

Il ne me répond pas, semble ailleurs. Dans ses yeux, je retrouve l'expression hagarde que je devais avoir au Népal, la première fois que j'ai été confrontée à la mort.

Au loin, je crois entendre des sirènes, dont j'ignore s'il s'agit de la police, des pompiers ou des ambulanciers. Il vaudrait mieux que ce soit la première option. Les secours ne pourront hélas plus rien faire pour la malheureuse.

Après quelques minutes d'un nouveau calme assourdissant, trois coups s'abattent violemment sur la porte. Le gérant se décale pour l'ouvrir, laissant entrer un homme, un seul. Celui-ci est vêtu d'un costume dépareillé et débraillé, qui contraste avec sa coiffure au millimètre. Veste grise, chemise blanche et pantalon beige. Il sort machinalement une carte de police, la remballe si vite qu'on n'a même pas le temps de lire son nom.

« Police royale malaisienne. Inspecteur Zaahir, du département des enquêtes criminelles. Un meurtre a été commis ici ? »

Il demande ça en anglais perclus d'un accent mécanique, avec l'indifférence d'un plombier qui vient réparer une fuite d'eau. Il a dû en voir d'autres. Son visage sec, strié de rides, indique une fatigue profondément incrustée. Sur sa coupe en brosse, les cheveux gris ont clairement remporté la bataille.

Le gérant pointe son index épais vers le carrelage au centre du café, où gît la dépouille que l'on a recouverte d'une nappe.

Le flic claque des doigts. Aussitôt, une armée d'agents anonymes investit les lieux. La moitié est en uniforme de police, affairée à consigner les moindres détails dans des calepins. Les autres sont en combinaison blanche intégrale, armés de pinceaux, poudre magnétique, lampe à lumière noire et sprays de luminol. En quelques secondes, ils passent l'intégralité du café au peigne fin. On se croirait dans une série.

L'inspecteur s'approche très près du cafetier body-buildé, pas du tout intimidé par sa carrure titanesque.

« Qu'est-ce que vous foutiez derrière la porte ?

— Cet homme voulait quitter la scène de crime. »

L'index du gérant dévie vers l'un des clients, le malpoli en costard, qui s'énerve aussitôt.

« Arrêtez avec votre histoire de crime. Cette femme s'est étouffée, vous regardez trop de séries ! »

Personne ne lui prête attention.

« J'ai établi un périmètre autour de la scène, reprend le gérant, pour éviter que les témoins ne la souillent. »

Il a complètement réorganisé la salle, en déplaçant les tables pour former un large arc de cercle autour de la dépouille. Il a même disposé des sucrettes au niveau des pièces à conviction, que les techniciens remplacent avec leurs pancartes jaunes habituelles. La tasse brisée, la chaise renversée.

L'officier plisse son front, creusant un peu plus ses rides.

« Pourquoi vous avez fait ça ? »

Le gérant bombe fièrement le torse, large comme son sourire.

« J'adore les romans policiers.

— Et vous êtes policier ?

— Euh… non.

— Donc vous avez contaminé la scène de crime. Je pourrais vous arrêter pour altération de preuves. »

Son sourire s'efface aussi vite qu'il était apparu. Décidément, cet enquêteur ne prend aucune pincette. Il se replace au centre de notre demi-cercle, de manière à ce qu'on puisse tous bien le regarder dans les yeux.

« Que les choses soient claires, on n'est pas dans un bouquin, ici. Ne bougez pas et contentez-vous de répondre à mes questions. Pour commencer, déclinez vos identités. »

Il se place d'abord devant la petite cliente japonaise, l'englobant entièrement dans l'ombre de sa silhouette trapue.

« Vous ! Déclinez votre identité. »

Elle sursaute. Depuis l'incident, elle n'a pas cessé de trembler, comme un lapin apeuré.

« Euh… je m'appelle Yumiko. »

L'inspecteur soupire, désabusé.

« Nom complet, âge, profession, raison de votre présence ici.

— Sawada Yumiko, 23 ans. Étudiante en architecture. Je suis ici pour faire du tourisme. »

Derrière l'officier, une jeune recrue en uniforme note chaque mot, et le suit sans quitter des yeux son carnet, lorsqu'il se déplace devant le client sapé comme un businessman.

« Et vous ?

— Fernando Teixeira, 45 ans, je suis ici en vacances. »

Il dégaine un passeport portugais. Le policier exprime tout haut ce que je viens de penser tout bas.

« Drôle de tenue pour faire du tourisme. Qu'avez-vous prévu de visiter ? »

L'homme devient aussitôt anxieux, et agite nerveusement les mains. C'est pourtant une question simple.

« Rien de particulier. Je… je découvre votre pays au fil de l'eau. Mais vous ne pouvez pas comprendre.

On dirait que vous n'avez pas eu de vacances depuis trente ans… »

L'inspecteur ignore la pique. C'est vrai qu'il a l'air affreusement usé. S'il ne voyage pas beaucoup, il a pourtant des valises de globe-trotteur sous les yeux. Elles viennent se poser sur l'Australien, qui ne sourcille pas. Avachi sur une chaise, avec les pieds reposant sur une autre. On ne dirait pas qu'il vient d'assister à un meurtre.

« Hudson Bennett, 36 ans. Sans emploi. Ici pour la même raison que les autres.

— C'est-à-dire ?

— En vacances.

— Comment vous payez vos vacances, sans emploi ?

— J'ai eu un héritage. »

Il ne semble pas le moins du monde perturbé par la situation, pas plus que par l'interrogatoire.

Vient ensuite notre tour de passer sur le gril. Alistair semble toujours sur une autre planète, loin d'ici. Le temps qu'il revienne, je me présente d'abord, après avoir difficilement avalé la boule de salive coincée dans ma gorge.

« Camellia Daléchamps, 33 ans, pharmacienne et… »

Le flic tique aussitôt.

« Pharmacienne… ? »

Il lance un regard fugace vers son assistant, pour vérifier que celui-ci a bien consigné ce détail dans son carnet.

« Oui. Et alors ?

— Rien… »

Alistair se présente à son tour, d'un ton monocorde. Zaahir nous désigne à tour de rôle, promenant son index comme un métronome.

« Vous êtes en couple ? »

Alistair répond par la négative avant même que l'autre n'ait ponctué sa phrase. Un peu trop rapide à mon goût…

« Alors quels sont vos rapports ? »

Je prends le relais.

« Nous sommes *collègues*, en expédition scientifique.

— Quel genre d'expédition ?

— Nous cherchons les ruines d'un temple, dont le jardin renferme des plantes aux propriétés pharmacologiques intéressantes. »

Zaahir envoie son pouce derrière son épaule, vers le corps inanimé de la défunte.

« Vous n'auriez pas déjà procédé aux essais cliniques, par hasard ?

— Non ! Nous venons d'arriver, nous n'avons même pas encore trouvé le temple ! »

Il a toujours cette expression énervée qui tiraille son visage, et m'empêche de dire s'il me croit ou non. En attendant, il fait volte-face vers le gérant, et le toise.

« Et vous, au fait ?

— Quoi, moi ?

— Qui êtes-vous ? »

Le gérant tire une grimace de déception.

« Vous ne me reconnaissez pas ? Issam bin Kareem. Je sers le meilleur *teh tarik* de tout Kuala Lumpur ! »

Il se précipite près du comptoir, pour se placer à côté d'une photo de lui (avec exactement le même sourire), tenant un trophée en forme de mug. Ça n'impressionne pas le flic. Il a plutôt une tête à carburer au café noir bien corsé.

Le policier se replace, pensif, au centre de la salle. Il nous balaye lentement du regard, comme s'il cherchait à capter nos pensées. Yumiko la Japonaise, Hudson l'Australien, Fernando le Portugais, Alistair l'Écossais et Camellia la Française. Ce pourrait être le début d'une mauvaise blague. Une véritable auberge espagnole, sauf qu'il s'agit plutôt d'un café malaisien. Et qu'il y a eu un meurtre. Fernando en est moins convaincu.

« Qui vous dit qu'elle n'est pas morte d'une crise cardiaque ?

— Ça n'y ressemble pas. »

L'infarctus du myocarde féminin est légèrement différent de celui de l'homme, avec l'image que l'on s'en fait : poitrine oppressée, douleur thoracique qui irradie dans le bras gauche… Chez la femme, il existe des signes plus atypiques : sensation de fatigue extrême et soudaine, nervosité brutale, nausées, vomissements... Nous sommes moins souvent victimes d'infarctus, mais la proportion d'entre nous qui en décède est plus élevée, à cause de la méconnaissance des symptômes, ce qui retarde la prise en charge.

Je suis certaine que cette femme n'est pas morte d'une crise cardiaque. Elle ne s'est pas étouffée non plus.

« Non… C'est un meurtre… »

Hudson éclate de rire, bien que la situation ne s'y prête pas.

« Qui vous dit qu'elle ne s'est pas suicidée, ma jolie ?

— Ça n'a pas de sens, intervient Issam. Pourquoi venir dans un lieu public pour mettre fin à ses jours, au risque d'être secourue ? »

Fernando hausse les épaules.

« C'est peut-être ce qu'elle cherchait. Tous ces dérangés qui crient au suicide, au fond, ils ne le veulent pas vraiment. Elle pensait qu'on la sauverait. Mauvais calcul… »

Quel manque de délicatesse ! J'ai envie de l'incendier mais c'est finalement la timide Yumiko qui le fait à ma place.

« C'est vous qui êtes dérangé, de dire des choses pareilles ! »

Je me tourne vers l'inspecteur, en cherchant dans son regard un soutien qu'il ne m'offre pas. Je dois lui faire part de mes hypothèses.

« Euh… Monsieur Zaahir ? Au fait, c'est votre nom ou votre prénom ?

— Appelez-moi juste Inspecteur Zaahir. »

Issam le gérant bombe son torse épais, d'un air professoral.

« La plupart des Malaisiens n'ont pas de nom de famille, au sens occidental du terme. On utilise notre prénom, suivi de *bin* ou *binti*, qui signifie "fils de/fille de", suivi du prénom du père. Issam bin Kareem. Issam, fils de Kareem. Quel est le prénom de votre papa ?

— Sébastien.

— Votre nom malaisien serait *Camellia binti Sébastien.* »

Je me tourne vers Alistair, dont les yeux bleus nagent toujours dans le vague.

« Et toi ? Ça donnerait quoi ?

— La même chose. Alistair MacIntyre…

— Comment ça ?

— *Mac* en gaélique signifie “fils de”. C’est pour ça qu’on le retrouve dans beaucoup de noms écossais comme le mien. Mais contrairement aux musulmans, le système s’est figé. À un moment dans l’histoire, le patronyme est devenu permanent. Beaucoup de peuples utilisent ce système. Les Scandinaves et les Anglo-Saxons aussi, avec les suffixes en *son*. »

Si je n’avais pas été scientifique, j’aurais aimé étudier l’étymologie. Connaître l’origine des noms, des mots, m’a toujours fascinée, quelle que soit la langue.

Zaahir se racle bruyamment la gorge.

« Assez bavardé, s’agace-t-il. Venez-en au fait. »

Je prends sa place au centre de la salle.

« Cette femme a été empoisonnée !

— Qu’est-ce qui vous fait dire ça ? »

Je m’accroupis près de la tête de la victime et invite l’inspecteur à m’imiter. Après un soupir, il s’agenouille à mes côtés, non sans faire craquer les articulations de ses rotules.

« Vous sentez ?

— Quoi donc ? »

J'agite la main près de la bouche de la défunte, pour disperser les vestiges de son dernier souffle.

« De l'amande amère. »

Issam claque des doigts, si fort que l'écho rebondit d'un mur à l'autre.

« Cette odeur est typique de l'intoxication au cyanure ! C'est Hercule Poirot qui le dit ! »

J'acquiesce. Notre apprenti Sherlock body-buildé se débrouille plutôt bien. Alistair aussi, reprend du poil de la bête.

« C'est bien plus vieux que ça, renchérit-il. Dans l'Antiquité, les Grecs et les Égyptiens broyaient les noyaux d'amande et de pêche pour extraire le cyanure. »

Fernando, lui, ne semble pas partager notre avis, à le voir secouer la tête d'un air dépité.

« Elle est morte moins d'une minute après avoir pris sa tasse. Ça n'existe que dans vos livres ! »

Il a raison, en partie. Dans les médias, on balance souvent le réalisme médical par la fenêtre, au profit du sensationnel. Je crie sur ma télé ou sur mon livre, chaque fois qu'un personnage s'évanouit, à peine quelques secondes après avoir bu un somnifère. Un poison, c'est comme un médicament. Avalé, il faut au moins vingt minutes avant qu'il n'exerce ses effets. Sauf pour l'un d'entre eux.

« Le cyanure. Il peut tuer en moins d'une minute. »

De son nom complet cyanure de potassium (parfois de sodium). Si cette molécule agit si vite, c'est en raison de sa toute petite taille, qui l'aide à pénétrer très rapidement dans l'organisme. Ce n'est pas tout. Au contact des sucs de l'estomac, elle se transforme en acide cyanhydrique, volatile. Plus léger que l'air, celui-ci remonte dans les voies respiratoires, pour se diffuser encore plus rapidement. Il s'agit du même composant utilisé dans les chambres à gaz. Ironie du sort, Hitler s'est suicidé avec une capsule de cyanure (il l'a avalée juste avant de se tirer une balle dans la tête, au cas où). Le poison agit en empêchant les cellules, toutes sans exception, d'utiliser l'oxygène. Les muscles deviennent alors incapables de se contracter. Ça ne paraît pas si mortel ? Sauf quand on se souvient que le diaphragme et le cœur aussi, sont des muscles. Arrêt cardiaque et respiratoire, vous imaginez l'effet dévastateur. Après ingestion, la mort survient généralement avant deux minutes.

Je me relève, certaine de ma déduction. Réfléchir intensément m'aide à effacer le traumatisme du drame qui vient de survenir.

Les regards de la petite assemblée sont braqués sur moi. Ils débordent de méfiance et je commence à comprendre pourquoi. Saviez-vous que le mot « pharmacie » dérive du grec *pharmakon*, qui signifie à la fois remède… et poison ?

En voulant aider, je viens de me retrouver en tête de la liste des suspects.

# 10

En tant que professionnelle de santé, mon métier consiste à préserver la vie. En théorie. En réalité, on peut dire que j'œuvre surtout à retarder la mort. Quels que soient les établissements où j'ai exercé, dans mon laboratoire, à l'hôpital ou même dans ma pharmacie, on a tendance à voir l'autre côté de la pièce. Tuer des cellules cancéreuses, des bactéries, des virus, étudier les doses létales, la dégénérescence cérébrale, mesurer les risques de survenue d'un décès…

Mais ces expériences, aussi riches soient-elles, ne m'ont jamais entraînée à affronter la mort, la vraie. Celle qui est violente, imprévisible. Se faire tirer dessus, pourchasser par des prédateurs, être à la merci des éléments… Je ne sais toujours pas comment j'en ai réchappé. Enfin, si, un peu. À cette époque, j'ai eu la chance d'avoir des hommes formidables pour me soutenir, m'épauler. Bishal, Policarpo, Marouane. Pas seulement des hommes. Dolores aussi, en prison à Bogota. Sans elle, je... je ne sais pas ce qui serait advenu de moi.

Pour Alistair, c'est le même constat. On a beau être un brillant archéologue, qui passe son temps à fouiller des tombeaux et dérouler des momies, rien ne vous prépare au royaume des morts.

Je ne l'ai jamais vu comme ça. La bouche entrouverte, les yeux dans le vague, clignant très peu. Du bout des doigts, il pianote sur la table une mélodie invisible et inaudible. Chacun a sa façon de combattre le stress. Moi ? J'ai la fâcheuse tendance de laisser mon double violent tout saccager sur son passage. Quelles que soient nos méthodes, je retrouve dans son attitude le même état de choc qui m'a tétanisée, de l'Himalaya au Sahara en passant par l'Amazonie.

Aujourd'hui, forte de ces expériences, c'est à moi d'être son guide.

« Aly, tu te souviens de la Foire du Trône ? »

Il sourit par réflexe, déclenchant à son tour mon propre sourire. Vous le savez, je n'ai jamais été très aventureuse (du moins, avant cette quête). Dans ma vie, j'ai eu affaire à deux reprises aux autorités.

La première fois, que j'évoquais à Alistair, c'était il y a très longtemps. On avait dix ans à peine. Il m'avait convaincue, un soir, de faire le mur pour aller à la fête foraine. Vous me connaissez, avec mon vertige, hors de question que je monte sur la grande roue ou autres manèges de l'enfer. En revanche, ce soir-là je me suis découvert une addiction malsaine pour les machines à pinces. Vous savez, celles où on ne gagne qu'une fois sur cent, mais on refuse d'abandonner parce qu'on y est presque. J'y ai flambé trois mois d'argent de poche. Et celui d'Alistair aussi. En rentrant, on n'avait plus assez de monnaie pour le ticket de bus. Ce qui ne nous a pas empêchés de monter dedans.

Première fois de ma vie que j'enfreignais la loi. Et elle m'a vite rattrapée. Vous vous souvenez de ma fameuse loi de Murphy ? Elle aussi, était là. Première fois que je me faisais contrôler dans les transports. Première fois que j'oubliais mes papiers à la maison. Les agents ont voulu me livrer au commissariat le plus proche. Alistair a inventé une histoire abracadabrante. J'étais devenue sa petite sœur mourante, à qui il voulait offrir une dernière soirée de bonheur. Je ne sais pas comment il a fait, mais il a réussi à les convaincre. Quoique, j'étais tellement livide à ce moment-là, que je devais facilement passer pour une malade.

La deuxième fois, vous en avez été témoin, c'était en Colombie. Dahlia avait piégé mon sac de voyage avec de la cocaïne, ce qui m'a valu un court séjour en prison. Court, uniquement parce que l'organisation qui cherche à s'approprier le philtre m'a fait sortir. Pour une fois qu'ils n'essayent pas de me tuer…

Heureusement, j'ai eu ma vengeance, en laissant Dahlia coincée en plein Sahara. Je ne me berce pas d'illusions. Elle est aussi maligne que maléfique. Une partie de moi ne peut s'empêcher de penser qu'elle a réussi à s'échapper. Je ferais mieux de surveiller mes arrières. La paranoïa me pèse sur le système. Un peu comme ce Fernando, qui m'agace à faire les cent pas d'un bout à l'autre du café.

« Bon, grogne-t-il, est-ce que je peux m'en aller ? J'ai des choses à faire. »

L'inspecteur le fait se rasseoir, d'un geste autoritaire de la main.

« Ah bon ? Vous avez pourtant dit que vous faisiez du tourisme, sans programme particulier…

— C'est toujours mieux que de mourir d'ennui ici. »

Je lui lance un regard noir.

« Vous avez de la chance, il y en a une qui est morte, tout court. »

À côté de moi, Alistair commence à se ragaillardir un peu. Il redresse son dos, jusqu'alors prostré sur la chaise. Ses pupilles retrouvent un semblant de vie, même si son visage n'affiche aucune émotion.

À l'autre bout de la salle, Hudson nous dévisage avec un sourire amusé. La tension glisse sur lui comme l'électricité sur un conducteur. On ne peut pas en dire autant de Yumiko. Malgré son style décontracté, son visage opalin trahit une anxiété communicative. Entre ses doigts fins et tremblants, elle joue nerveusement à aligner des bonbons de couleur sur son portable. On ne réagit pas tous de la même façon, nous en avons un parfait exemple dans ce café.

Hudson se la joue cool.

Fernando a le sang chaud.

Yumiko affiche une peur bleue.

Alistair reste de marbre.

Issam et moi, nous nous creusons la tête. Pour avoir lu moi-même quelques romans policiers, j'ai quelques notions de base. Dans une affaire criminelle, il y a plusieurs éléments à prendre en compte.

Le mobile. Quelles sont les motivations du tueur ?

L'alibi. C'est l'élément qui prouve l'innocence du suspect. Si vous étiez à Dunkerque le 22 novembre 1963, il y a peu de chances que vous ayez pu assassiner Kennedy à Dallas.

L'arme du crime, les preuves, les témoins…

« Laissez vos téléphones sur le comptoir, ordonne le policier. Tant que cette affaire n'est pas réglée, on ne communique pas avec l'extérieur. »

La sonnerie de la porte d'entrée retentit. Ce n'est pas une clochette comme dans le salon de thé de Barnabé, non. C'est un détecteur de mouvements, qui diffuse quatre notes de synthétiseur. Les portes battantes s'ouvrent en grand, laissant accourir une jeune recrue en uniforme.

« Inspecteur, j'ai l'identité de la victime. Madame Garthiga Tharanyan, 52 ans. Nationalité sri lankaise. Elle possède plusieurs cabinets d'architectes dans le monde mais sa résidence principale est ici, à Kuala Lumpur.

— Je vois. Pas Madame Tout le Monde… »

Il se tourne vers Yumiko, qui se recroqueville un peu plus sur sa chaise, au point de ressembler à un nourrisson.

« C'était une célèbre architecte internationale. Vous allez me faire croire que vous, l'étudiante en architecture, vous ne la connaissiez pas ? »

Ses joues, ses lèvres, se mettent à trembler comme un château de cartes, avant qu'elle ne s'effondre en sanglots. Est-ce qu'elle va… ?

« Ou… Oui, je l'ai déjà vue dans des magazines. Mais c'est la première fois que je la vois pour de vrai. Pourquoi l'aurais-je tuée ? C'était une idole. J'aurais même voulu prendre une photo avec elle, mais je suis trop timide pour ça…

— Peut-être qu'elle a volé un de vos projets, ou je ne sais quoi. J'ai déjà vu ce genre d'affaires.

— Non ! »

Les larmes creusent de profonds sillons dans son fond de teint opalescent.

« Alors pourquoi n'avoir rien dit ?

— Je n'étais pas certaine. »

Moi, je crois surtout qu'elle était morte de trouille. Ça ne fait pas d'elle une coupable, mais restons sur nos gardes. Au cours de cette aventure, je me suis suffisamment fait berner. D'abord Dahlia, puis Sakina… Jamais deux sans trois ?

Je ne sais pas si Zaahir a cru à sa plaidoirie. Il a l'air de quelqu'un qui cherche la vérité froide, plutôt que de suivre la chaleur d'une intuition.

« Quelqu'un ici connaissait la victime ? »

Nous secouons tous la tête simultanément… à l'exception du gérant, qui retire son calot pour gratter nerveusement son crâne chauve.

« Euh…

— Parlez.

— Elle est déjà venue ici, quelques fois.

— Donc vous êtes le seul à la connaître. Si l'on creuse un peu, on ne devrait pas tarder à déterrer un mobile. »

Il agite ses énormes mains en signe de protestation.

« Ça n'a pas de sens ! Pourquoi j'empoisonnerais une cliente régulière, dans mon propre établissement ?

D'une, je ne connaissais même pas son nom. De deux, même si j'avais voulu l'assassiner, le faire ici me transforme automatiquement en suspect numéro un. De trois, je sais qu'une personne est morte et que je ne devrais pas dire ça, mais vous vous rendez compte de la publicité désastreuse pour moi ? Plus personne ne voudra venir dans mon café !

— En dehors de cet établissement, vous n'auriez jamais eu l'occasion de l'approcher. Vous n'êtes pas du même monde… »

Mais Issam n'en démord pas. Quelque chose cloche. Ce n'est pas un meurtre, c'est un assassinat. On n'empoisonne pas quelqu'un au cyanure sur un coup de sang, c'était forcément prémédité. Pourtant, nous sommes tous des clients de passage, sans aucun lien avec cet endroit, encore moins avec la victime. Le seul à la connaître est le gérant, mais il n'a aucun mobile.

Je me creuse les méninges. L'inspecteur Zaahir masse son front. Cette affaire est un vrai casse-tête.

# 11

Après deux heures à prendre et reprendre nos témoignages, à relire ses notes et passer des coups de fil, j'ai l'impression que l'inspecteur Zaahir tourne en rond.

« Récapitulons les faits, soupire-t-il en massant ses tempes grisonnantes. Camellia et Alistair sont arrivés les premiers dans le café. Quelques secondes plus tard, la victime est entrée. Juste après, les trois autres clients sont arrivés, à peu près en même temps. Ensuite, vous avez fait la queue, dans cet ordre : vous deux, la victime, Fernando, Hudson et Yumiko. Le gérant a pris toutes les commandes en même temps. Vous avez tous pris un *teh tarik* moyen, sauf Alistair qui a pris un petit. Le gérant a commencé à préparer les boissons. Celle de Camellia a été sortie en premier. À ce moment-là, Camellia est allée aux toilettes… »

Alistair intervient.

« Non, elle a voulu aller aux toilettes mais ce *gentleman* est passé devant elle. »

Fernando et lui échangent un regard noir. Je suis touchée qu'il prenne ma défense.

« Je reprends. Fernando est allé aux toilettes, suivi par Camellia, puis la victime, ensuite Hudson et Yumiko.

— Non, proteste timidement Yumiko. Monsieur Hudson m'a gentiment laissée passer devant lui.

— La demoiselle avait l'air très pressée, j'ai eu peur qu'elle se pisse dessus… »

Charmant…

« Bref, Fernando sort des toilettes et regagne sa place dans la file d'attente. Camellia sort à son tour, au moment où le gérant termine ses deux premières commandes. La victime sort et… ensuite ? »

Issam lui livre les faits.

« Camellia propose de lui donner sa tasse, en échange d'un plus grand modèle. La victime accepte. »

Un début de brouhaha émerge. L'inspecteur lève la main à mi-hauteur, pour intimer le silence dans la salle. Tous les regards sont tournés vers moi, pour une raison que j'ignore.

« Attendez, m'indique Zaahir. Si vous n'aviez pas pris cette initiative, c'est vous qui auriez été empoisonnée ? »

Sa remarque me fait tressauter. Mon anxiété soudaine n'échappe pas à son œil aguerri.

« Non, je… »

En cherchant de quoi protester, je réalise qu'il a totalement raison. Une culpabilité brutale s'empare de moi. Est-ce que j'aurais tué cette pauvre Garthiga, par accident ?

« C'est un coup de chance extraordinaire, poursuit le policier. Mais je ne crois pas aux coups de chance. Vous saviez que le poison était dans la tasse, n'est-ce pas ?

— Évidemment, renchérit Hudson, puisqu'elle l'a mis elle-même… »

Mon sang se met à bouillir dans mes veines. Il n'y a rien de pire que d'être accusée à tort. Je déteste cette sensation.

« Mais non ! Je n'ai aucun mobile. Nous sommes arrivés hier et je n'ai jamais rencontré cette dame. »

J'adresse un regard noir à l'Australien, ce qui semble l'amuser plus que l'intimider. À nouveau, Alistair sort brièvement de sa torpeur.

« Rien ne prouve que le poison était dans la tasse quand Camellia l'a donnée à la victime. »

Il vient à son tour fusiller du regard Hudson, dont les yeux battent aussitôt en retraite. Son soutien m'aurait profondément touchée, si la situation n'était pas aussi tendue.

Zaahir tente de calmer les esprits.

« Que s'est-il passé ensuite ? »

Je reprends le récit là où Issam s'était arrêté.

« Le gérant prépare le grand *teh tarik*, puis les trois commandes suivantes. Tout le monde s'installe à des tables différentes. Après quelques minutes, la victime s'effondre, empoisonnée. »

La sonnerie de la porte d'entrée retentit de nouveau, interrompant ma narration. Une autre recrue accourt, une feuille à la main.

« Inspecteur, j'ai les premiers résultats du labo. La victime est morte d'hypoxie, à la suite d'une intoxication au cyanure. »

Un silence profond frappe la pièce, aussi puissant qu'une clameur. On s'y attendait, mais cela fait tout de même un choc de l'entendre officiellement. Une petite part de moi gardait l'espoir que tout cela n'était qu'un horrible accident.

« On a retrouvé le poison dans sa tasse, poursuit le jeune agent. On n'en a pas retrouvé dans les récipients des autres clients ni dans la casserole. »

Yumiko pousse un soupir de soulagement. Moi, je ne suis pas étonnée. S'il y avait eu du cyanure dans nos boissons, on serait déjà morts.

La situation nous rend tous très tendus. Je cherche du soutien en me tournant vers Alistair, qui se ronge nerveusement les ongles. Prise de panique, je claque furieusement sa main pour le faire cesser.

« Il pourrait encore y avoir du poison n'importe où ! »

Déjà de nature anxieuse (et un peu germophobe), je suis maintenant complètement parano. Je ne me hasarde plus à poser mes mains où que ce soit, ni même me gratter, j'ose à peine respirer.

Issam, lui, prend une profonde inspiration, qui élargit un peu plus son torse déjà immense, avant de lever l'index.

« Dans les affaires d'empoisonnement, il y a plusieurs techniques. La première : introduire le poison directement dans la nourriture ou la boisson de la victime. Un classique, comme dans *Meurtre au champagne* d'Agatha Christie. »

Il ajoute le majeur.

« La deuxième : empoisonner son propre verre puis l'échanger avec celui de la victime. Un peu comme dans *Drame en trois actes.* »

Puis l'annulaire.

« Enfin, la troisième : mettre le poison à la source, la bouteille par exemple, mais prendre soi-même un antidote. »

Zaahir hoche pensivement la tête.

« Quel serait l'antidote du cyanure ? »

Cette fois, à moi d'ajouter mon grain de sel expert.

« Des sels de cobalt, pas le genre de choses que l'on trouve dans un café. »

Hudson et Fernando échangent un regard complice.

« Dis donc, tance le premier, vous vous y connaissez étrangement bien en poisons…

— Je suis pharmacienne. Ça fait partie de ma formation. »

Le policier me jette un regard horriblement neutre. Bon sang, que c'est horrible de ne pas savoir ce qu'il pense. J'ai l'impression qu'il me soupçonne toujours, mais guette la moindre de mes réactions, attendant que je me trahisse toute seule. Ça ne risque pas, puisque je suis innocente !

Il pivote ensuite vers Issam.

« Montrez-moi comment vous préparez le *teh tarik*. »

Après un sourire fier, l'intéressé resserre la ceinture de son tablier sur son torse démesuré, puis repasse derrière le comptoir.

« D'abord, je fais bouillir le thé dans cette casserole, avant d'ajouter le lait concentré. »

Cette délicieuse odeur douce-amère envahit à nouveau les lieux. Mais elle me fait beaucoup moins saliver. Inconsciemment, mon cerveau l'associe avec cette tragédie. Certaines personnes ne supportent plus la chanson qu'elles écoutaient, au moment d'un accident de voiture. À côté de moi, je vois que ce parfum a fait replonger Alistair. Cette fois, son désarroi a laissé place à une nervosité contagieuse.

« En fonction de la taille demandée, continue Issam, je verse une partie du contenu dans une tasse. Puis je fais mousser en transvasant dans une autre, plusieurs fois de suite.

— Vous utilisez toujours la même tasse pour le transvasement ? »

Il acquiesce. L'enquêteur se tourne vers moi. Je suis flattée qu'il sollicite mon avis, mais je me garde bien de le lui dire.

« Est-ce que le cyanure peut être détruit par la chaleur ? »

Je secoue la tête.

« Non seulement il faudrait une chaleur beaucoup plus forte, pendant des heures. Mais en plus, la décomposition entraînerait une fumée encore plus toxique, qui nous aurait tous tués. »

Le poison se trouvait uniquement dans la tasse de la cliente, sinon nous aurions tous été empoisonnés. Ce n'est pas tout. Il a forcément été mis à la fin du mélange, puisqu'il n'y a aucune trace de cyanure dans le récipient de transvasement.

« Donc le poison a été mis après que la tasse a été préparée. »

J'acquiesce. C'est forcément à ce moment-là. La victime s'est installée dans un coin du salon et personne ne s'est approché de sa table.

Zaahir tamponne à nouveau son front ruisselant. N'a-t-il pas chaud dans cette tenue ? Si, bien sûr. Moi-même en débardeur, je suis en nage, et ce n'est pas seulement dû au stress. Les policiers ont coupé l'air conditionné dès leur arrivée, pour éviter de disséminer des indices. Résultat : la chaleur moite a envahi chaque centimètre carré du café.

À intervalles réguliers, Zaahir se tamponne le front avec un mouchoir. Les flics en chemisette, on ne voit ça que dans les séries qui se passent en Floride. Un officier de police se doit d'être présentable. Quoique, je n'irais pas jusque-là pour lui. Son costume est plus fripé que la peau de mes orteils après un bain. Et un revers de sa chemise dépasse de sa ceinture. On dirait qu'il a dormi dedans.

« Que s'est-il passé entre le moment exact où la tasse a été posée sur le comptoir et celui où la victime l'a eue dans ses mains ?

— On est tous allés aux toilettes, répond Hudson. Sauf Boucle d'Or. »

Alistair grince des dents.

« C'est moi que tu appelles Boucle d'Or, Barberousse ? »

Je passe mon bras sous le sien pour le calmer. S'énerver ne ferait qu'envenimer les choses, sans mauvais jeu de mots. En plus, à moi aussi il m'est arrivé de le surnommer ainsi, affectueusement. Surtout quand il m'appelle Poil de Carotte.

« Donc, reprend Zaahir, entre le moment où la tasse a été préparée et celui où la victime l'a récupérée, chacun d'entre vous a eu l'opportunité d'y mettre du poison. Le gérant, évidemment. Camellia, qui a donné la tasse à la victime. Alistair, qui n'a pas quitté le comptoir. Enfin, Yumiko, Fernando et Hudson, qui sont allés tous les trois aux toilettes, juste à côté du comptoir.

— Ne nous mettez pas sur un pied d'égalité, réplique Fernando. Les tourtereaux ont eu tout le temps de commettre le crime. Mais si l'un de nous trois avait versé du poison dans une tasse, je pense que quelqu'un s'en serait aperçu. »

J'échange un regard circonspect avec Alistair, me demandant ce qui nous étonne le plus. Qu'il nous soupçonne du crime… ou qu'il nous appelle les tourtereaux ?

Issam hausse les épaules.

« Pas forcément. Il suffit de faire tomber discrètement un comprimé ou une gélule de cyanure de potassium dans la tasse. Avec la température, il se délite rapidement, sans laisser de traces. Même s'il y en avait, elles seraient difficiles à voir dans cette boisson opaque. N'importe qui peut le faire. Regardez… »

Sous les yeux attentifs de l'inspecteur, il s'empare d'une tasse vide, qu'il pose au bord du comptoir, à l'endroit même où se tenait la mienne. Il prend ensuite une pièce de un *sen* (le centime malaisien) dans sa caisse.

De retour auprès de nous, il fait ensuite mine de se diriger vers les toilettes. D'une légère rotation du poignet, sans même bouger le bras, il fait tomber la pièce dans le récipient en passant. Nous nous en sommes rendu compte seulement grâce au tintement aigu du métal contre le verre. C'était aussi rapide que subtil. Si quelqu'un a fait la même chose un peu plus tôt, il est fort probable que nous ne l'ayons pas remarqué, d'autant plus que nous étions tous concentrés sur les acrobaties du cafetier.

« À partir du moment où vous avez *décidé* de donner votre tasse à la victime, quelqu'un a-t-il pu s'en approcher pour y introduire du poison ? »

Chaque question de l'enquêteur est comme un nœud qu'il défait. Et là, je crois qu'il vient de démêler le plus serré. Les regards s'échangent, les pensées s'entrechoquent. Toutes ne peuvent converger que dans une seule direction.

« Non…

— Alors vous savez ce que ça signifie. »

Hudson éclate de rire, de manière assez malsaine.

« Donc j'avais raison, c'était bien la rouquine qui a mis le poison. L'affaire est résolue ! »

Il est bien le seul à jubiler. Je crois aussi qu'il est le seul à tirer cette conclusion. Non, ce n'est pas moi qui ai mis le poison. Et non, cette affaire est loin d'être résolue. Elle ne fait que commencer. Car la cible, la véritable cible du meurtrier, n'était pas Garthiga.

C'était moi.

# 12

Cette révélation me fait l'effet d'une bombe. Sous le choc, mes jambes chancellent, sans pouvoir les contrôler. Je dois m'accrocher fermement au bras d'Alistair pour ne pas défaillir. Une irrépressible nausée s'empare de moi.

« Camellia ? Camellia ? »

Alistair me secoue gentiment l'épaule. Sa voix me parvient à peine, comme un lointain écho. Je n'y réagis même pas. Hormis le contact de sa peau sur la mienne, j'ai l'impression que mes sens sont anesthésiés. Je dois me concentrer pour garder ma vision nette. Mon cerveau cherche à la remplacer par des images de la pauvre Garthiga. Je la revois en boucle convulser, suffoquer jusqu'à la mort. Puis je m'imagine à sa place. Instinctivement, je recule, encore, jusqu'à ce que mon dos heurte le mur.

Ma cage thoracique se resserre, à mesure que les murs du café paraissent rétrécir autour de moi. Ils me rapprochent de ces gens, ces inconnus qui me semblaient bien sous tous rapports. Mais si mon aventure m'a enseigné une chose (parmi des milliers), c'est de ne pas me fier aux apparences.

Yumiko. Toute frêle, toute timide. Comme l'était Sakina, la reine du déguisement, avant de révéler son jeu.

Hudson. C'est Dahlia, avec une barbe. Il est trop détendu, affronte la situation avec la même désinvolture.

Entre les deux, ce Fernando, l'antipathique qui m'a prise en grippe avant même que le meurtre n'ait lieu.

Et Issam ? J'ai du mal à le trouver suspect. Après tout, il n'avait aucun moyen de savoir que j'allais visiter son café.

Je les balaye du regard, inlassablement. L'un de ces quatre-là au moins fait partie de l'organisation à la recherche du philtre d'amour qui me traque depuis deux ans, j'en mettrais ma main au feu. À coup sûr, c'est ce Berbéris qui me menace depuis des semaines. Moi qui pensais l'avoir abandonné à dix mille kilomètres, c'est raté. Bon sang, comment font-ils pour me retrouver sans cesse ?

Des images se bousculent dans ma tête. Je me revois en pleine jungle colombienne, attachée, droguée par Adonis. Puis au milieu du Sahara, à l'article de la mort, desséchée comme une souche d'arbre. C'est ce qui arrive quand on cherche le Graal de l'amour. On ne cueille pas une rose sans s'exposer à ses épines. J'ai beau être entourée de policiers, je ne suis pas rassurée.

Ça, c'est mon raisonnement. Mais je suis la seule ici, hormis le tueur, à connaître l'existence de l'organisation. Si je me mets à la place de l'enquêteur, j'aurais un tout autre raisonnement, qu'il ne devrait pas tarder à me dévoiler.

Malgré la chaleur étouffante, l'ambiance dans la salle vire au glacial. À moins que ce ne soit la perception que j'en ai, qui vient de prendre un sacré coup. Je peine à assimiler cette révélation.

Zaahir fait les cent pas dans le café, les yeux dans le vague.

« Assassiner une architecte mondialement connue, je veux bien imaginer qu'il y ait une raison, plus ou moins enfouie. En revanche, tuer au hasard une touriste, ça, je n'y crois pas. »

J'ai du mal à le cerner, mais j'ai bien l'impression qu'il ne me soupçonne plus. J'ai envie de crier mon soulagement.

« Alors qu'est-ce que vous croyez ?

— La seule personne qui aurait une raison de vous tuer… est forcément la seule personne que vous connaissez ici. »

Il se tourne vers Alistair.

« C'était vous, n'est-ce pas ?

— Non ! »

Ce n'est pas lui qui a hurlé. C'est moi. Finalement, ce n'est pas mon soulagement que j'ai crié, mais mon effroi. L'air s'est figé autour de nous, comme les regards sur moi. Je ne m'attendais pas à réagir aussi violemment. En revanche, je m'attendais à ce que l'enquêteur tire cette conclusion, mais je gardais le vain espoir qu'il n'arriverait pas jusque-là.

Mes mains tremblent si fort que je dois les enfouir dans mes poches pour les calmer. Je suis encore plus tourmentée que lorsque j'étais moi-même accusée. Des souvenirs nébuleux de mon adolescence rejaillissent. Chaque fois qu'Alistair se blessait, se coupait ou tombait, je souhaitais secrètement pouvoir absorber sa douleur. Mais c'est inconcevable, tout comme je ne peux pas aujourd'hui me porter coupable à sa place. Cela détruirait tout ce pour quoi j'ai travaillé d'arrache-pied ces deux dernières années. C'est un choix impossible. Ma seule solution est de démasquer ce Berbéris, au plus vite.

Hudson fait craquer bruyamment ses phalanges. Je déteste ce bruit.

« Je suis d'accord. Puisque la rouquine était la cible, elle ne peut pas être la coupable. »

Fernando étouffe un gloussement condescendant.

« Sans blague, Sherlock ! »

Yumiko pousse un petit « oh » à peine perceptible. Puis sa peau de porcelaine rougit quand l'attention se déporte vers elle.

« Si Camellia-san était la cible, alors il est logique de penser qu'Alistair-san est le coupable. »

Voilà qu'elle s'y met, elle aussi. Logique ? Oui. Crédible ? Non ! Alistair n'a pas pu faire ça. Il ne me ferait pas de… Enfin, même s'il avait voulu m'assassiner, il est trop malin pour le faire de manière aussi flagrante. Il aurait maquillé ça en accident, ou je ne sais quoi. Rien que d'y penser me fait froid dans le dos.

Et moi ? Si je devais assassiner quelqu'un, j'utiliserais probablement du poison. Déformation professionnelle… mais pas du cyanure. Sa rapidité d'action est à la fois son avantage et son inconvénient. La victime n'en réchappe pas… mais vous non plus. À peine le temps de quitter la pièce qu'elle est déjà morte. Les empoisonneurs qui voulaient rester discrets préféraient le célèbre arsenic, qui tue après quelques jours de lente agonie.

Ah, au fait, nous n'avons jamais eu cette conversation…

Les jurés improvisés sont ligués contre nous. Tous ont prononcé leur sentence. Zaahir s'immobilise devant Alistair, le torse bombé. Il est nettement plus petit, mais pas moins imposant.

« Je crois qu'on va devoir discuter tous les deux au commissariat. Vous allez m'expliquer pourquoi vous avez voulu tuer votre "collègue"...

— Enfin ! s'exclame Hudson en mimant un applaudissement.

— J'ai bien cru qu'on allait tous mourir ici », renchérit Fernando tout en étirant ses membres.

Yumiko aussi, pousse un soupir de soulagement, tandis qu'elle et les autres rassemblent déjà leurs affaires.

Je m'attends à ce que le policier les retienne mais il n'en fait rien. Je dois intervenir. Non, ce n'est pas encore fini. Je dois gagner du temps...

« Inspecteur, attendez ! »

Il me jette un regard par-dessus son épaule, sans daigner se retourner.

« Quoi encore ?

— Je m'y connais assez en préparations de médicaments. Une gélule de cyanure, ça ne sort pas d'une usine industrielle. C'est fait à l'ancienne, à la main, dans un gélulier. Il y a toujours des traces, même infimes sur l'enveloppe de la capsule. »

Cette fois, il fait volte-face. J'ai capté son attention.

« Où voulez-vous en venir ?

— À moins de porter des gants, le meurtrier a certainement transféré de minuscules traces de poison sur ses doigts, au moment de jeter la gélule dans la tasse. »

Aussitôt, l'inspecteur fait accourir un technicien, au grand dam des autres clients. Je sens leurs regards accusateurs me transpercer comme des flèches.

« Faites des prélèvements sur les mains de tous les suspects. On recherche du cyanure. »

À l'aide d'un disque de coton monté au bout d'une petite perche, le technicien frotte scrupuleusement nos paumes et nos phalanges, avant de consigner chaque échantillon séparément.

# 13
## *Treize ans plus tôt...*

En matière de fêtes traditionnelles, les Anglais n'ont pas leur pareil. D'abord Halloween. Bon, certes, il s'agit d'une fête celte qui n'est pas ancrée dans notre culture. Mais tout de même, ça en jette. Je me souviens qu'on avait tenté de l'importer en France, mais ça n'a jamais vraiment décollé. De nos jours, le 31 octobre est surtout un prétexte pour organiser des soirées déguisées (et alcoolisées).

Mais c'est à Noël que Londres se pare de ses plus beaux atours. La ville est un enchantement. En sortant de la gare Saint-Pancras ce jeudi matin, je m'autorise quelques déambulations de lèche-vitrines. Je ne me lasse pas de contempler les décorations somptueuses qui habillent les devantures des boutiques, des hôtels, les places, et donnent à la ruelle la plus anodine une atmosphère féerique. Dès la fin novembre, une ambiance de fête flotte sur la capitale. Nous sommes maintenant mi-décembre et les festivités de la Nativité battent déjà leur plein. Toute la ville est décorée et scintille comme un arbre de Noël. Sur Trafalgar Square brille déjà l'immense sapin, envoyé traditionnellement à Londres par Oslo, remerciement de la Norvège à la Grande-Bretagne pour son soutien durant la Seconde Guerre mondiale. Les bus à impériale sont décorés royalement, les ampoules clignotent sans relâche, et la population grouille comme dans une fourmilière. La foule se presse, chargée de cadeaux. Personne ne se connaît, personne ne se salue vraiment, mais tous les murs, toutes les vitrines vous souhaitent *Merry Christmas !* Le temps des vœux vient de commencer. On envoie de jolies cartes colorées à sa famille, à ses amis, et même à ses commerçants, du moins, comme me l'expliquait Alistair, à ceux qui pourraient vous mener la vie dure. Personne n'a envie de froisser son facteur ou son éboueur. Les motifs sur ces cartes sont kitsch mais c'est la seule période de l'année où l'on aime ça. Des petits anges chantants, des cloches ailées, des églises enneigées, et même des nains dansants… C'est un peu naïf, certes, mais tellement plus classe qu'un simple texto.

Je m'éloigne un peu de l'effervescence du centre-ville, pour rejoindre le quartier résidentiel de Notting Hill. Avec moins de passage, la neige tient au sol. Elle garde l'empreinte profonde de mes bottines.

Londres se compose essentiellement de maisons individuelles. Elles sont presque toutes identiques, donnant une impression provinciale, à l'exception de quelques quartiers londoniens très centraux. Cette quasi-absence de hauts immeubles explique la taille de cette ville, quatre fois plus étendue que Paris. Et dans ce quartier chic, on ne trouve pas de simples maisons, non. Des maisons victoriennes. Avec leurs *bow-windows* typiques, elles sont toutes aménagées sur le même modèle. Plafonds hauts, moulures, cheminées et petit jardin privatif en font tout le charme. Au rez-de-chaussée, une double réception donne sur une cuisine familiale avec vue sur un petit jardin. Au premier étage, vous trouverez plusieurs pièces. Au deuxième étage quand il y en a, une grande chambre avec salle de bains en suite.

Avec leurs quelques marches pour accéder au perron, leur porte d'entrée peinte, leur petit porche et leur jardin frontal, ces maisons représentent une partie importante de l'habitat londonien. Le symbole des *boroughs* familiaux comme Fulham, Clapham et Ealing.

Au milieu de ces bâtisses, l'une en particulier sort du lot, avec sa façade rouge carmin. La maison d'Alistair. Enfin, l'une de ses maisons. La résidence principale des MacIntyre est à Édimbourg. Cette « modeste » demeure n'est qu'un de leurs nombreux pied-à-terre, qui doit coûter un bras. Sous le porche est accrochée une grosse branche de gui. Quand Aly ouvrira la porte, je me jetterai dans ses bras pour l'embrasser. Des mois que j'en rêve ! On aura la maison pour nous tout seuls, tout le week-end, avant que je ne cède ma place à sa famille pour les fêtes.

Je suis venue un jour plus tôt que prévu. Pourquoi ? D'abord, pour profiter au maximum de mon chéri. Ensuite, parce que les billets de train sont quatre fois plus chers le vendredi. Alistair n'est pas au courant, je compte le surprendre en sonnant à l'improviste.

Alors que je m'apprête à traverser la rue, la porte de la maison s'ouvre en grand. Ni une ni deux, je me cache derrière un lampadaire. Je n'ai pas envie qu'il me voie arriver, gâchant l'effet de surprise.

Je jubile lorsqu'il apparaît dans l'entrebâillement, arborant un pull de Noël parfaitement kitsch, assorti à ses pantoufles poilues.

En parlant de surprise, je ne suis pas au bout des miennes…

# 14

J'ai l'impression que ça fait des heures que l'on poireaute en silence, à s'échanger des regards suspects. Moi plus que les autres. Berbéris, je sais que tu es là, enfoiré. Montre-toi…

Une mouche volette de peau en peau, teste notre patience à tour de rôle. À travers les stores, j'aperçois les premières lueurs orangées du crépuscule glisser sur la ville. La chaleur n'en est pas moins accablante pour autant.

La sonnerie du téléphone de l'inspecteur résonne dans le café, brisant le calme stressant. Une musique aiguë aux airs électro, que je n'aurais pas soupçonnée chez un homme aussi spartiate.

Il s'éloigne de quelques pas pour décrocher. Je tends l'oreille pour saisir des bribes de l'échange, avant de réaliser qu'il se déroule en malais.

Après avoir raccroché, il se place de manière à ce qu'on puisse tous lui faire face. Nous sommes suspendus à ses lèvres gercées.

« Je viens d'avoir le labo. Les prélèvements sur vos mains n'ont rien donné. »

Les autres exultent. Je grimace malgré moi. Retour à la case départ. Mais pour l'inspecteur, c'est plutôt *game over*.

« Qu'est-ce que ça signifie ? interroge Yumiko.

— Tout simplement, je réponds, que le meurtrier s'est lavé les mains après avoir mis le poison. Donc ça ne peut pas être Alistair ! »

Zaahir masse son visage tiraillé par la fatigue. Mon argument ne le convainc pas.

« Finissons cette conversation au poste, j'ai besoin d'un café. »

Puis il plonge la main dans sa poche et dégaine une paire de menottes.

« Alistair MacIntyre, vous êtes en état d'arrestation… »

Mon sang ne fait qu'un tour.

« Non, il n'y est pour rien ! »

Je me jette sur la trajectoire du policier, faisant naïvement barrage de mon corps, comme si cela pouvait empêcher quoi que ce soit.

Alistair, lui, demeure impassible. Du moins, c'est ce que l'on croirait à première vue. Mais les microtremblements de ses pupilles trahissent son état d'esprit. Il est complètement abasourdi, sous le choc. Je ne l'ai jamais vu aussi tétanisé.

Son regard navigue quelques instants dans la vague, avant de s'accrocher au mien, comme à une bouée de sauvetage. Sans un mot, il m'appelle au secours. Sauf que je suis autant à la dérive que lui.

Qu'est-ce que je suis censée faire ?

Le policier soupire. Je vois bien dans son expression qu'il ne veut pas me malmener, mais qu'il n'hésitera pas à le faire si je continue de résister.

« Comment pouvez-vous le savoir ? interroge-t-il, implacable.

— Je le sais, c'est tout… »

Deux agents m'enserrent pour m'éloigner d'Alistair, tandis que celui-ci se laisse menotter dans le calme.

« Non ! »

La nervosité m'ébranle si fort qu'une larme perle au coin de mon œil. J'échoue à l'empêcher de dégringoler sur ma joue.

En me voyant, Yumiko affiche une moue triste sur son visage de poupée.

« Vous n'avez plus rien à craindre, Camellia-san. »

Je me tourne vers Alistair, la gorge nouée.

« Dis quelque chose, enfin ! »

Il hausse les épaules devant le policier.

« Pourquoi j'aurais voulu la tuer ? Elle vient tout juste de réapparaître, plus de dix ans après m'avoir largué sans explication. »

J'enfouis ma tête dans mes mains, dépitée. Parfois, je me demande comment un mec peut être aussi intelligent et idiot à la fois. Cela semble aussi déconcerter l'inspecteur, qui le dévisage comme un martien.

« Pour moi, ça ressemble à un mobile de meurtre. La vengeance. »

Puis il m'adresse un regard sévère.

« Je croyais que vous étiez simples collègues.

— On l'est… maintenant. »

Hudson secoue la tête d'un air de dépit.

« Elle le protège. C'est une réaction typique chez les femmes battues. Comme un syndrome de Stockholm. »

Une femme battue ?! Je suis tellement abasourdie par ce que j'entends que je ne parviens même pas à réagir. À l'époque, la tortionnaire du couple, c'était plutôt moi.

Je pourrais expliquer à l'inspecteur pourquoi j'ai été ciblée. Dénoncer cette organisation qui me traque depuis le Népal. Mais je ne peux pas le faire sans révéler la nature de ma quête. Si je l'explique, alors Alistair saura toutes mes intentions.

Non… Je ne peux pas…

Mais si je ne le fais pas, Alistair va se retrouver inculpé pour un meurtre qu'il n'a pas commis. Croupir dans une prison malaisienne, c'est bien la dernière chose que je souhaite, même à mon pire ennemi. Croyez-moi, je sais ce que c'est, d'être un innocent emprisonné injustement.

Soit je trahis ma mission, soit je trahis Alistair. Dans les deux cas, mes plans tombent à l'eau. Merde, je suis prise au piège…

Mon corps me démange, me brûle. Je voudrais hurler, marteler le sol, si seulement cela pouvait arranger ma situation.

Réfléchis, Camellia, bon sang !

Je passe et repasse la chronologie des événements dans ma tête. Notre arrivée, la file d'attente, les gestes spectaculaires du cafetier, les toilettes, les tables…

Attendez…

Un des trois suspects ne s'est pas comporté normalement. Il n'y a aucune raison pour laquelle… Mais oui ! J'y suis !

J'en ai l'intime conviction. C'est forcément cette personne.

« Inspecteur, arrêtez ! »

Il se retourne, surpris comme moi du ton autoritaire sur lequel j'ai parlé. Toute l'assemblée me regarde avec étonnement, suspendue à mes lèvres.

« Et pourquoi donc ?

— Je sais qui est le coupable. »

# 15

Fernando fusille chacun de nos regards braqués sur lui.

« Qu'est-ce que vous avez tous, à me reluquer ? »

Je le mets en joue d'un doigt accusateur.

« C'est vous le coupable.

— Coupable d'écouter vos conneries, surtout.

— Au moment où ma tasse a été posée et que j'ai décidé d'aller aux toilettes, votre comportement a radicalement changé. Vous vous êtes précipité pour passer devant moi. Pourquoi ? Parce que vous saviez que si j'allais avant vous aux cabinets, vous risquiez de louper votre fenêtre de tir.

— Pourquoi j'aurais voulu vous tuer ? Je ne vous ai jamais vue de ma vie. »

J'ouvre la bouche spontanément pour répliquer, avant de la fermer aussi vite. J'ai bien failli me trahir. Quelle terrible frustration ! J'ai Berbéris, juste là, sous mes yeux. L'enfoiré qui n'a cessé de me menacer depuis des semaines. Non seulement je ne peux pas lui dire ses quatre vérités, mais en plus je dois cacher notre lien, qui est aussi son mobile.

Heureusement, Issam décide de prendre le relais.

« Certains meurtriers tuent justement au hasard, pour compliquer le travail des enquêteurs. Comme dans *A.B.C contre Poirot.* »

Fernando mime un bâillement.

« Écoutez, je ne sais pas comment ça marche ici, mais dans les pays civilisés, on est innocent jusqu'à preuve de la culpabilité. Où sont vos preuves ? »

Quelqu'un qu'on accuse injustement serait davantage sur la défensive, dans la protestation comme je l'ai été. Lui, semble prendre un malin plaisir à me provoquer. Il me toise d'un air de défi. Mais il ne sait pas que j'ai déjà gagné. Sans me démonter, je pointe du doigt la porte des WC, adjacente au comptoir.

« Juste là. »

Le visage d'Alistair s'illumine comme une lampe.

« La combinaison ! »

J'acquiesce en levant un index professoral, comme le ferait Columelle.

« Le panneau de contrôle est sur le côté gauche de la porte, comme le comptoir où était posée ma tasse. Sauf prise de risque inconsidérée, vous avez introduit le poison de la main gauche, puis tapé le code avec cette même main. Et comme il a été établi que le meurtrier a introduit le poison avant de se laver les mains, on devrait donc en retrouver sur les touches.

— Mais nous avons tous fait la combinaison pour entrer, fait remarquer Hudson.

— Oui, mais nous n'avons pas tous fait la même. Souvenez-vous, Fernando a tapé en premier la combinaison en bas du ticket, sans savoir qu'elle avait changé. »

Zaahir commence à connecter les pièces du puzzle. Il se tourne vers le gérant.

« Quelle était l'ancienne combinaison ?

— 0 – 8 – 0 – 4.

— Et la nouvelle ?

— 0 – 8 – 0 – 6. »

Les échanges de regards fusent à travers le café. Nous avons tous compris, simultanément. Comme dans *Le Crime de l'Orient-Express*, tout le monde y va de sa participation.

« Attendez…

— Mais alors…

— C'est...

— Forcément ça !

— Exactement, conclus-je fièrement, vous retrouverez des traces infimes de poison sur la touche quatre. Cela prouvera de manière irréfutable que Fernando est le seul coupable possible. »

Échec et mat. Zaahir claque des doigts. Aussitôt, un technicien réapparaît pour faire des prélèvements minutieux sur la touche en question. Pendant que nous l'observons, la pièce cède à un silence pesant, au terme duquel Fernando pousse un soupir d'exaspération. Il se laisse tomber sur une chaise.

« Quelle ironie ! Ce foutu chiffre porte vraiment malheur ici... »

Zaahir grince aussitôt des dents.

« Alors vous avouez le meurtre ? »

Fernando se met soudainement à applaudir, seul. La scène dure une bonne dizaine de secondes, gênantes au possible. Il se relève puis il esquisse une révérence à mon égard, avec l'exagération d'un acteur de théâtre. Il est acculé.

« Brillante démonstration. Mais vous avez oublié un élément majeur.

— Lequel ?

— Je ne compte pas me rendre ! »

Brusquement, Fernando plonge la main dans la poche intérieure de sa chemise. Tout se passe alors en une fraction de seconde. Yumiko pousse un hurlement. Hudson bascule en arrière sur sa chaise et tombe lourdement au sol. Malgré ses menottes aux poignets, Alistair enroule son buste autour de moi. Les policiers réagissent au quart de tour, dégainant leurs armes. Mais ce n'est pas un pistolet que Fernando sort. À la place, une petite gélule beige, qu'il s'apprête à engloutir.

« Non ! »

D'un bond impressionnant d'agilité malgré son poids, Issam se jette sur lui. Les deux hommes tombent lourdement au sol. La montagne de muscles finit par prendre le dessus et maîtriser rapidement son assaillant. La gélule roule sur le carrelage, avant de s'immobiliser à mes pieds.

Rapidement, les policiers prennent le relais. Fernando est relevé manu militari, puis menotté dans le dos. Zaahir se place devant lui, le torse bombé et le menton haut.

« Vous êtes en état d'arrestation pour le meurtre de Garthiga Tharanyan. »

Après lui avoir décliné ses droits, un trio d'agents s'apprête à emmener le coupable. Je tire timidement la manche de Zaahir.

« Inspecteur, est-ce que je peux lui parler seule ? »

Je devine dans son regard qu'il va m'envoyer bouler, et décide de prendre les devants.

« S'il vous plaît. Vous ne l'auriez pas attrapé, sans mon aide… »

Il regarde sa montre en soupirant.

« Vous avez une minute. »

D'un claquement de doigts, il fait installer Fernando sur une chaise, dans un coin du café. Je me positionne debout face à lui, non loin d'un policier qui me surveille du coin de l'œil.

Le meurtrier me sourit avec toute la désinvolture qui le caractérise. Au moins, il aura été fidèle à lui-même sur ce point.

« Ne perdons pas de temps, lui dis-je. Tu es déjà foutu. Dis-moi pour qui tu travailles et j'essayerai de t'aider. »

Il glousse, non sans me projeter une nuée de postillons au visage.

« Toi, m'aider ? Je crois que tu inverses les rôles.

— Ce n'est pas moi qui suis menottée à une chaise, Berbéris. »

Il fronce les sourcils, ne devant pas s'attendre à ce que j'utilise subitement son nom de code.

« On finira par t'avoir, d'une façon ou d'une autre. Et le philtre aussi. »

Je me penche vers son visage, si près que cela éveille la vigilance du policier. Avant qu'il ne vienne m'extraire, je glisse à l'oreille de Fernando :

« Bonne chance. »

Je le remets aux forces de l'ordre, qui le jettent sans ménagement à l'arrière d'une voiture de patrouille.

L'inspecteur Zaahir libère Alistair, qui masse ses poignets déjà creusés par l'empreinte des bracelets métalliques.

Puis le policier m'adresse un signe de tête respectueux. Je rêve ou son visage a esquissé l'ébauche d'un sourire ?

« Vous avez un certain talent, Camellia. Vous auriez pu bosser dans la police scientifique. »

Dans la fiction, peut-être. Dans la réalité, ce que je viens de faire n'existe pas. Il n'existe pas de Watson, pas d'enquêteur « expert » polyvalent, qui interroge les suspects, fait les analyses et appréhende le coupable, l'arme au poing. On est soit flic, soit scientifique. Vous vous rappelez les trois techniciens anonymes qui ont fait tous les prélèvements avant de partir les analyser ? J'aurais été l'un d'eux.

Alistair me rejoint et me prend par l'épaule. J'en frissonne. Lui, qui attire habituellement la lumière, s'est montré plutôt discret pendant l'enquête. Je pense qu'il a vraiment eu peur. Ce doit être la première fois qu'il voit la mort d'aussi près.

« Et maintenant ? demande-t-il au flic.

— Vous allez m'accompagner au poste pour prendre votre déposition.

— C'est tout ?

— C'est tout… pour l'instant. J'ai l'intuition que cette affaire cache quelque chose. Je dois encore éclaircir les motivations de ce type. J'ai du mal à croire qu'il s'en soit pris à vous par hasard…

— Vous savez, soulève Alistair, il y a des tarés partout… »

Les deux ont à la fois raison et tort. Une petite partie de moi craint que tout ne soit révélé au commissariat. Ma quête, l'organisation… Non, je n'y crois pas. Tout au long de mon aventure, ces gars-là m'ont montré à quel point ils étaient prêts à tout. Ce Fernando/Berbéris ne fait pas exception, à deux doigts d'en finir plutôt que de se faire attraper. J'en ai encore la chair de poule.

Avant de rejoindre une voiture de patrouille, l'officier nous interpelle… verbalement.

« Faites-moi une faveur, après la déposition, ne quittez pas le pays tout de suite… »

J'acquiesce poliment.

« Rassurez-vous, inspecteur, on a encore beaucoup de choses à faire ici. »

***Traité des sciences amoureuses***

**Par** Camellia Daléchamps

**Chapitre 18**
**La maladie d'amour**

Nous l'avons vu dans les premiers chapitres, l'amour n'est pas magique, mais biochimique. Comme tous les processus biologiques, il peut être sujet à des dérèglements :

**Le syndrome du cœur brisé**

Également appelée syndrome de Takotsubo, cette cardiomyopathie a été décrite pour la première fois au Japon en 1990. Elle est provoquée par une décharge intense d'hormones (notamment l'adrénaline) après un stress émotionnel brutal, tel qu'une rupture soudaine. La maladie frappe le plus souvent les femmes de plus de 50 ans. Ses symptômes évoquent fortement ceux de l'infarctus du myocarde, avec douleurs thoraciques et difficultés respiratoires. Elle dure en général deux semaines mais peut se révéler grave, voire mortelle, dans certains cas.

### L'incapacité d'aimer

L'hypopituitarisme est un déficit d'une ou de plusieurs hormones normalement sécrétées par l'hypophyse. Plusieurs causes peuvent être à l'origine de cette maladie et les manifestations sont extrêmement variables selon la ou les hormones touchées. Parmi ces manifestations, on peut trouver la perte des caractères sexuels, pouvant aller jusqu'à la stérilité. Dans de rares cas où l'ocytocine est touchée, les malades perdent toute capacité à ressentir de l'empathie, et éprouver de l'amour.

Heureusement, il existe des traitements hormonaux substitutifs, permettant d'atténuer les symptômes de cette maladie.

### Le trop-plein d'amour

Le syndrome de Williams est une maladie génétique rare notamment caractérisée par des troubles cardiaques et moteurs. Mais un autre symptôme très évocateur est la capacité à s'attacher très facilement aux autres. L'enfant ressent le besoin de câliner constamment, y compris les inconnus.

Contrairement à l'hypopituitarisme, les patients souffrant de ce syndrome présentent des taux élevés d'ocytocine, ce qui peut expliquer leur comportement hypersociable.

# 16

Au fil de mes aventures, j'ai connu des péripéties quasiment non-stop.

Gravir l'Himalaya, affronter des mercenaires, sur terre et dans les airs.

S'enfoncer dans les profondeurs de l'Amazonie, dompter un jaguar, se faire torturer par des paramilitaires, sur terre et dans l'eau, avant de finir incarcérée à tort.

À peine sortie de prison, je me suis jetée à corps perdu dans l'immensité du Sahara. L'expression est particulièrement adaptée, j'ai bien failli le perdre, mon corps. Meurtri par la tempête de sable, brûlé par le soleil, déshydraté par la chaleur. Être secourue par un sultan narcissique et pervers, qui vous tend un piège aussi redoutable que ceux du désert. Et Dahlia…

Mais après ces deux années folles à frôler la mort constamment, vous savez ce qui est désormais aussi déroutant ? Quand il ne se passe rien ! Cela fait maintenant deux jours que l'on serpente dans cette jungle épaisse et humide. J'ai l'impression d'avoir déjà vu cent fois cette souche d'arbre, et encore plus souvent ce rocher couvert de mousse. Difficile à dire, tout se ressemble, ici.

« Aly, tu es sûr qu'on est au bon endroit ? »

Il épluche le calepin dans lequel il a synthétisé ses notes. Je suis fière de partager cette manie avec lui.

« C'est forcément ici. »

Je lui ai laissé carte blanche pour la cartographie des lieux, à partir des indices disséminés dans les correspondances entre le prince saharien et son amante. Il a complété ses données avec des archives de plusieurs pays. Celles des explorateurs espagnols, portugais, anglais… Souvenez-vous, la marquise était arrivée ici avec un contingent hollandais. Le moins que l'on puisse dire, c'est qu'ils se débrouillaient mieux que nous.

J'ai l'impression d'être revenue au cœur de la forêt colombienne. La chaleur est accablante. Pas par le mercure, mais par son taux d'humidité affolant. J'ai bien appris mes leçons dans la jungle amazonienne : pas de minishort. Alistair comme moi avons étrenné notre ensemble t-shirt manches longues, pantalon large rentré dans les bottes. Cent pour cent beige pour lui. Respectivement indigo, rouge et jaune pour moi. Les couleurs vives éloignent les moustiques, m'a enseigné Policarpo. Le blanc et le kaki fonctionnent aussi.

« Trouvons un point surélevé, propose Aly. On verra peut-être quelque chose. »

Je grince des dents. Ah qu'il m'énerve ! Ça fait des heures que je lui ai suggéré ce plan. Maintenant il fait comme si c'était le sien.

Suivant *mon* idée, nous gravissons donc une colline jalonnée de palmiers. La pente est raide. J'aimerais bien m'appuyer sur leurs troncs, mais ils sont hérissés d'épines aiguisées comme des poinçons. Sur leurs branches, des hordes de petits singes nous regardent avec un air amusé.

À mi-chemin, Alistair s'arrête, les mains sur les genoux pour reprendre son souffle.

« Déjà fatigué ? »

Ce n'est pas l'effort qui l'épuise, mais bien l'environnement dans lequel il doit le réaliser. Mon corps a pris l'habitude des climats extrêmes. Froid, chaleur, humidité…

Je m'adosse à l'un des rares troncs avec une écorce lisse, sous lequel flotte une odeur fruitée caractéristique.

« Des litchis ! »

Je me hisse sur la pointe des pieds pour en cueillir un.

« Regarde, celui-là a une forme de cœur. »

Je l'épluche délicatement. Le jus tiède s'écoule entre mes doigts, me faisant saliver.

« Tu en veux ? »

Trop essoufflé pour répondre, il lève la main pour refuser mon offre.

Sans le lâcher du regard, je dépose le fruit juteux entre mes lèvres. Je laisse son jus sucré s'écouler doucement sur ma langue. Je le fais passer d'une joue à l'autre, avant de le croquer fermement. Mon cerveau, galvanisé par le sucre, se remémore la légende de la marquise. Elle avait conquis son prince à l'aide du philtre, astucieusement maquillé dans un gâteau de la forme d'un cœur. Ce litchi n'exerce aucun pouvoir, mais tu ne perds rien pour attendre, Aly.

Nous reprenons notre ascension. Arrivés au sommet, Alistair grimace en scrutant l'horizon.

« Ton idée n'était pas géniale, ronchonne-t-il. On ne voit pas grand-chose de plus, d'ici. Pourtant, je ne me suis pas trompé d'endroit, c'est certain. »

J'ai très envie de lui écraser les litchis, là, tout de suite. Mais je vais me contenter de le piquer un peu.

« Alors… Est-ce que je me suis trompée d'archéologue ? »

Il m'adresse un regard sévère, fugace.

« Je te l'ai dit, on n'exhume pas les ruines d'une cité antique en deux jours. D'ailleurs, en deux jours, on n'a pas vu un seul *bloody flamingo.* »

Parmi les archives, Alistair avait trouvé le fragment du journal d'un missionnaire jésuite, qui a dû explorer les lieux à la même époque que la marquise de Vertmillon. Le récit parlait d'un « temple païen, sur une plaine nichée entre les pattes d'un flamant rose ». Un *flamingo* en anglais. Et *bloody* ? Rien à voir avec sa couleur rose, il s'agit juste d'un juron typiquement écossais que je ne vous traduirai pas.

« Et moi, je te l'ai dit, ils vivent plutôt près des lacs d'Amérique, d'Afrique et du sud de l'Europe. Ici, ce n'est pas un endroit pour eux. Ni maintenant ni à l'époque. »

De toute façon, on ne loge pas une plaine entière entre les pattes d'un flamant. Cette phrase a forcément un sens caché. Trop bien caché.

« Tant pis, je soupire. Redescendons et continuons de chercher. On est arrivés de quel côté, déjà ? »

Quand je vous disais que je n'avais pas le sens de l'orientation… Ne me dites pas qu'on se serait trompés de continent, ce serait tristement drôle. Quoique, Christophe Colomb a bien débarqué aux Bahamas en pensant être en Inde. Et personne ne se fout de lui aujourd'hui.

Je secoue la tête pour me ressaisir, et aussi pour chasser un moustique sur mon nez. Non, c'est impossible. Tout concorde, à commencer par les indices laissés dans la fable.

*Son cadet le troisième, guère moins stupide,*
*Préférait la fragrance humide*
*D'une forêt aux arbres majestueux,*
*Qu'on disait protégée par les dieux.*
*Il saignait les troncs du matin au soir,*
*Se délectait de leur divin nectar.*
*Il succomba au sortilège amer si bien,*
*Que, du frère et de son hôte, il ne resta rien.*

Ces vers énigmatiques désignent à coup sûr le *tongkat ali* et le bois de oud/calambac, deux plantes typiques de la région.

Perdue dans mes pensées, je ne remarque pas la racine émergeant du sol comme le dos d'une baleine. Mon pied s'y accroche et je trébuche lourdement sur le ventre. J'étais à quelques centimètres d'un masque du visage à la boue.

Alistair tend la main pour me relever mais je reste immobile.

« Tu as un bug ? demande-t-il.

— Aly, regarde. »

Je pointe du doigt l'horizon tremblant.

« Je ne vois rien. »

J'attrape sa main encore tendue, pour l'inciter à s'allonger à mes côtés.

« Qu'est-ce que tu fais ? »

Je peux sentir sa réticence à travers ses muscles crispés, mais il finit par obtempérer malgré tout.

« Viens, tu verras mieux d'ici. »

Il s'étend près de moi.

« Tu vois ces chutes d'eau ?

— Non… »

Comme j'en rêvais dans le café, j'attrape son menton pour le faire pivoter de quelques degrés, parallèle au mien. Nos joues sont quasi collées. Ses lèvres ne sont plus qu'à quelques centimètres des miennes.

« À quoi elles te font penser ?

— À des chutes d'eau ?

— Non ! Regarde le paysage d'ensemble. »

Deux cascades parallèles tombent depuis le milieu de la colline. Celle-ci s'élargit à mesure qu'elle s'élève, tel un champignon. À son sommet se trouve un tronc, un seul. Aussi fin qu'il est grand. Immense, monumental. Un tualang, que l'on appelle aussi arbre à miel. À la cime, il se divise en deux embranchements, dont l'un est fortement feuillu et ramifié, l'autre complètement nu.

Le souffle d'Alistair se coupe brusquement. Il a trouvé.

« Tu le vois comme moi ?

— On dirait…

— Un flamant rose ! »

Le voilà, notre sens caché. Parfois, les choses les plus évidentes sont celles que l'on remarque le moins. Les deux cascades s'ancrent dans le sol comme les deux pattes de l'animal. L'écume à leur base donne même l'illusion d'un pied palmé. La colline forme son corps. Et le tronc longiligne à son sommet, rappelle son cou allongé. Les branchages asymétriques, pendant d'un seul côté, font penser à un bec.

Je reste un instant à fixer cet arbre séculaire. Il est fort probable que la marquise ait connu le même. J'en ai le cœur qui palpite ! Elle devait se tenir là, à l'endroit même où je suis allongée, avec Alistair. Elle devait rêver de son prince, alors que le mien est juste là.

« Allons voir ! »

Sans attendre, nous descendons de notre perchoir, pour rejoindre les cascades. Les embruns, de plus en plus intenses en approchant, me font un bien fou. Je place mes mains en coupe pour récupérer un peu d'eau glacée, avec laquelle j'asperge mon visage transpirant.

« Camellia, regarde ! »

La cascade de gauche nous apparaît beaucoup plus claire. J'avais déjà remarqué ça tout à l'heure, mais je pensais qu'il s'agissait d'une illusion d'optique, d'un jeu de lumière avec l'angle du soleil.

« Tu crois qu'il y a quelque chose derrière ? » demande Alistair.

Vous connaissez ma curiosité maladive.

« On n'a qu'un seul moyen de le savoir. »

Je m'apprête à traverser, lorsqu'il me retient par le bras.

« Si tu te plantes et qu'il n'y a qu'un mur, tu vas te retrouver écrasée sous des tonnes d'eau. À chaque seconde, tu vas recevoir l'équivalent d'une voiture sur les épaules. Tu ne préfères pas que j'y aille en premier ? »

Je prends une profonde inspiration. Subitement, des tréfonds de mon esprit rejaillissent les mots du chaman, rencontré au fin fond de la forêt amazonienne. De sa voix râpeuse et métallique, je l'entends me parler de cette femme légendaire, qui a traversé seule la jungle hostile pour en percer les secrets. À l'époque, cet exploit m'avait subjuguée. Et encore aujourd'hui.

Dans les années 1980, un médecin a émis l'hypothèse de la mémoire de l'eau. Théorie selon laquelle l'eau qui a été en contact avec certaines substances conserverait leur empreinte, voire leurs propriétés, alors qu'elles ne s'y trouvent plus. Cette théorie sert d'ailleurs de socle aux défenseurs de l'homéopathie.

Personnellement, je n'y ai jamais cru. Mais si l'eau de cette cascade avait une mémoire, elle a sûrement gardé le souvenir de la marquise qui l'a traversée. Cette fois, c'est à moi de laisser mon empreinte.

Je me tourne vers Alistair, avant de lui lancer un clin d'œil.

« On se revoit de l'autre côté ! »

D'un pas décidé, je traverse le rideau. Aussitôt, une forte pression s'abat sur mes clavicules, une sensation de froid, puis les ténèbres m'envahissent.

# 17

Non, je ne suis pas morte. Les ténèbres m'ont envahie… littéralement. Derrière la chute d'eau, je me suis retrouvée dans une grotte obscure, au bout de laquelle scintille un cercle lumineux, sans doute la sortie.

« Camellia ? »

Les appels d'Alistair me parviennent comme une hallucination auditive, distante de plusieurs kilomètres.

« Tout va bien, tu peux venir. »

Je dois hurler à pleins poumons pour dépasser le vacarme de la cascade. Heureusement, la cavité agit comme un porte-voix naturel.

Alistair me rejoint. L'eau a aplati ses boucles blondes sur son visage. Du revers de la main, je balaye son front pour éclaircir son regard.

Nous traversons le corridor naturel, érodé dans la roche. Des gouttes d'eau tombent du plafond à intervalles irréguliers, créant un concert de percussions atypiques, proches du xylophone.

Un autre rideau, de lumière, nous attend à la sortie. Nous le traversons et je plisse les yeux pour les réhabituer à la luminosité soudaine.

« *Incredible…* »

Il a raison, c'est… incroyable. Un premier cercle de collines, dont celle du flamant rose, en ceinturait un autre, de petites buttes plus modestes. Il était impossible de le voir, à moins de se tenir à certains points très spécifiques, comme celui-ci. Au centre de ce deuxième périmètre s'étend une petite plaine verdoyante, à moitié ensevelie dans le brouillard.

Malgré la chaleur, un frisson me parcourt. Il émane de cet endroit une atmosphère mystique. Nous sommes au bon endroit, j'en suis intimement convaincue. Pourtant je fais la grimace.

Le problème ? L'unique passage vers la plaine est un pont suspendu, long d'une bonne centaine de mètres entre notre colline et la suivante. Quoique, « pont » est un bien grand mot pour désigner cet alignement espacé de planches reliées entre elles par des cordes.

Vous avez déjà fait de l'accrobranche ? C'est le même genre d'obstacle, mais sans filet de sécurité.

Alistair avance le premier sur les planches. Chacun de ses pas fait craquer le bois.

« C'est solide, on peut traverser sans problème. »

Il attrape les cordes servant d'armature au pont et sautille allègrement. À chacune de ses cabrioles, j'ai l'impression que c'est mon cœur qui fait des bonds.

« Je croyais que tu n'avais plus le vertige. »

Il fait allusion à notre escapade entre les tours Petronas. Se tenir sur une passerelle d'acier solidement ancrée entre deux gratte-ciel, et validée par une armée d'ingénieurs, d'accord. Marcher au-dessus d'un ravin sur des planches de bois soumises aux éléments depuis des siècles, c'est une autre histoire !

Il tend la paume vers moi.

« Tu me fais confiance ? »

L'une de ses phrases préférées. Il la sort chaque fois qu'il doit me convaincre d'une connerie à faire.

J'attrape sa main et m'engage à mon tour sur les planches. Aussitôt, une bourrasque s'infiltre entre les collines et fait osciller le pont. Je m'immobilise et ferme les yeux, réflexe naturel et parfaitement inutile.

« Du calme, Camellia… Ça va aller… »

Lorsque j'étais en danger pendant mes aventures, mon esprit avait tendance à faire ressurgir la voix d'Alistair. Quand j'étais sous le feu des mercenaires au Népal, en

Colombie, et sous le feu du soleil meurtrier au Sahara. Le souvenir de ses paroles m'aidait à tenir.

Cette fois, il est vraiment là, à me susurrer des paroles rassurantes. Cette pensée me réconforte un peu, me rappelle que je n'ai pas fait tout ça pour rien, qu'il est trop tard pour faire marche arrière. Ma quête avance, et moi aussi.

À mesure que nous progressons à pas de loup, je commence à prendre confiance en moi et en ce pont, au point de me laisser distraire par le paysage à couper le souffle. Pas un centimètre carré de colline n'est épargné par la végétation. Une fine brume entoure la plaine, baignant un peu plus les lieux dans une atmosphère fantasmagorique. J'ai l'impression de…

« A… ! »

Je ne sais même pas ce que j'ai voulu crier. Aly ? Au secours ? Ah merde je vais mourir ?

À moins d'un mètre de l'arrivée, mon pied vient de traverser l'une des planches dans un craquement sourd, aussitôt couvert par mon hurlement.

Je m'accroche *in extremis* à la corde servant de rampe. Tout le poids de mon corps repose sur ma main droite, serrée comme si ma vie en dépendait (et c'est le cas !). Je suis la première étonnée de ma force musculaire. Le défi physique imposé par ma quête n'a pas seulement transformé mon esprit, mon corps aussi. Si cet incident m'était arrivé il y a deux ans, au tout début de mon aventure, je serais morte.

Heureusement, je n'ai pas à tenir longtemps. Alistair accourt, agrippe mon poignet et me soulève. Il me dépose de l'autre côté de la rive, saine et sauve. Enfin, surtout sauve. Je crois que mon esprit est au fond du ravin. Il n'en faut pas beaucoup pour raviver une phobie que l'on a mis des mois à effacer.

Je me jette dans les bras d'Aly, ce qui le surprend un peu, et l'embarrasse beaucoup. Il garde les siens écartés, sans les refermer sur moi.

« Merci ! »

Je le libère de mon étreinte.

« Non… merci à toi.

— Pourquoi ?

— Je n'ai pas eu l'occasion de te remercier pour ce que tu as fait dans le café, l'autre jour. Si tu n'avais pas résolu l'affaire, je me serais retrouvé en prison. »

On n'a jamais vraiment pris le temps de se poser et d'en reparler. Après l'arrestation de Fernando, nous avons fait notre déposition au commissariat, jusque tard dans la nuit. Dès le lendemain, on a décidé, d'un commun accord, de quitter immédiatement la ville afin de poursuivre notre périple. Ça nous changerait les idées. Ce dépaysement placide nous aide à occulter cette journée traumatisante. Le calme nous fait oublier le tumulte de l'enquête. On a frôlé la catastrophe ! Alistair, lui, semble encore profondément marqué par les événements. Ce n'est pas tous les jours qu'on se retrouve confronté à un meurtre, et encore moins sur le banc des accusés !

Heureusement, tout ça est derrière nous, désormais.

« C'était hors de question que je les laisse t'emmener !

— Alors ils nous auraient emmenés tous les deux. »

Il se met à rire.

« Qu'y a-t-il de si drôle ?

— Tu t'imagines, en prison ? »

Je feins un sourire amusé.

« Ne sois pas ridicule… »

# 18

Après le pont suspendu, nous arrivons maintenant dans le cercle intérieur de petites buttes, couvertes d'une végétation sauvage, impénétrable. La jungle malaise est la plus ancienne forêt primaire de la planète. Elle a près de 130 millions d'années. Des dinosaures y ont vécu ! Je n'ai aucun mal à les imaginer, déambulant leurs corps géants sous des troncs encore plus gigantesques. Palétuviers, tualangs et palmiers composent entre autres la flore. On ne compte pas moins de deux mille espèces d'arbustes et d'arbres, dont certains dépassent allègrement les quatre-vingts mètres de haut. Comme en Amazonie, l'épaisse canopée ne laisse pas beaucoup de place pour faire pénétrer la lumière. Mais ici, la forêt est beaucoup moins bruyante.

Je dois bien le reconnaître, seule je n'aurais sans doute jamais pu trouver cet endroit. Du moins, pas avant de nombreuses années. Alistair a fait un travail de documentation incroyable. Il a pu faire fructifier le très peu d'éléments dont il disposait, jusqu'à délimiter la zone où doivent se trouver les ruines du temple, à quelques kilomètres carrés près. Le flamant rose a fait le reste.

Après encore quelques heures de marche, à enjamber des racines et éviter des lianes, le paysage s'éclaircit. Au sol en tout cas, car les branchages des arbres bordant cette clairière s'étendent loin et la recouvrent quasi tout entièrement.

Tandis que j'enlève ma casquette pour m'éventer, mon pied heurte un objet dur au sol, qui manque de me faire plonger en avant. Alistair me rattrape juste à temps. Ça devient une habitude !

« Merci… »

Il ne répond rien, le regard braqué droit devant lui. Je ne le savais pas encore, mais je viens de trébucher sur les premières traces de civilisation dans cette jungle. Tout autour de nous s'élèvent des blocs de pierre, certains tout petits comme celui sur lequel je viens de marcher, d'autres colossaux, mais tous sont taillés de façon admirablement rectiligne.

Nous y sommes. Les ruines du temple.

Un « waouh » s'échappe spontanément de ma bouche. Des décombres confus, des restes de remparts en briques, des bouts de muraille, des vestiges de maisonnettes dont la maçonnerie s'est éteinte. J'ai du mal à visualiser l'ensemble, c'est comme imaginer un corps, à partir d'un fémur, d'une vertèbre et d'une dent, mais ce devait être un édifice considérable.

« C'est fascinant, s'extasie Alistair. Ces villageois devaient vivre en parfaite autarcie. Ce sont des techniques de construction qu'on ne retrouve pas ailleurs dans le continent. »

Il écarte les bras comme pour s'imprégner de l'atmosphère des lieux. C'est la première fois que je le vois faire quelque chose d'aussi mystique. Il y a de quoi. La végétation s'infiltre dans les moindres interstices cédés par la pierre. Pour un archéologue comme lui, cet endroit doit être une mine d'or et d'informations. J'ai l'impression de le voir rajeunir à vue d'œil, retrouver son sourire candide d'enfant. Je me souviens ce qui m'a fait craquer chez lui, au départ. On dit que les opposés s'attirent, mais ce n'est pas valable pour nous deux. Au contraire, ce sont nos petites similitudes qui nous ont rapprochés. Deux gosses un peu solitaires mais curieux de tout. On se chamaillait souvent mais dans le fond, on adorait ça. Nous ne sommes pas du genre à nous passer de la pommade mutuellement. On préfère se lancer des piques, juste pour tester la repartie de l'autre. Cette stimulation intellectuelle a été le ciment de notre relation, consolidant les briques de notre rivalité tacite. Paradoxalement, elle a peut-être aussi été la cause de l'éternité à officialiser notre couple. Des années durant, aucun de nous n'a voulu céder du terrain, dévoiler ses sentiments.

Mais aujourd'hui, les émotions affluent. Nous continuons de progresser dans ce temple magique, qui me fait un peu penser à la Cité fleurie parisienne, dans laquelle je vais régulièrement me ressourcer. Un endroit échappant à l'emprise normale du temps, où cent mille ans semblent s'être écoulés en un siècle.

« Malheureusement, je soupire, il ne reste plus grand-chose… »

Aly me dévisage d'un air qui cache à peine le fait qu'il me trouve idiote. Ça faisait (pas assez) longtemps.

« Tu t'attendais à trouver une cité engloutie avec une civilisation hors du temps ? Tu lis trop de romans ! »

Ah, si seulement il savait. Quand j'étais au Sahara, je m'attendais à tout sauf à trouver le palais de la marquise, encore intact. Pas le genre d'événements qu'on voit deux fois dans une vie. Même pas une fois, dans une vie normale. Mais ma vie n'a plus rien de normal.

Nous avançons dans l'espace-temps. Autour de nous, la pierre anthracite est couverte d'une épaisse mousse verte. De l'index, je frôle une colonne effondrée, songeant, rêveuse, que la marquise l'a touchée aussi. Fervente cartésienne agnostique, me voici à tenter d'établir une connexion mystique, avec une femme décédée il y a deux cents ans, dont je ne connais même pas le nom. J'aimerais tellement la rencontrer. Je donnerais sans doute tout ce que je possède (hormis les ingrédients du philtre) pour discuter avec elle, ne serait-ce qu'une minute !

Entre deux enjambements de pierres, nous pénétrons dans une parcelle peuplée d'arbres longs et fins, dont l'alignement paraît trop géométrique pour être dû au hasard. Entre eux fleurissent de nombreuses plantes variées que je reconnais. Pavot, armoise, ricin, fenugrec, et d'autres. Toutes plus dangereuses les unes que les autres… Cet endroit devait être le potager médicinal de la tribu, comme celui du chaman dans la jungle colombienne.

Parmi ces arbres, l'un se démarque par son tronc blanc maculé de taches noires (ou l'inverse ?), tel un panda végétal.

« Aly, regarde, là-bas ! »

Je m'accroche de mes deux bras au sien, pour ne pas chanceler d'émotion.

« C'est… ?

— Le bois de oud ! »

Enfin, pas à proprement parler. Le bois de oud, ou calambac, est une résine naturelle produite par le tronc malade de certains arbres du genre *Aquilaria*, en réaction à des agressions physiques (blessures) ou biologiques (insectes xylophages, larves, bactéries et champignons). Cette résine est très parfumée et riche en molécules complexes, affublées de nombreuses vertus médicinales et cosmétiques. Ce sont les copeaux de bois malade, gorgés de cette résine, qui sont très prisés, en encens ou en infusion.

Il existe au moins une vingtaine d'espèces d'*Aquilaria* produisant du calambac, mais le plus précieux est réputé fourni par *Aquilaria crassna*.

Je me revois débattre avec le professeur Columelle de l'intérêt de chercher aussi loin un ingrédient que je pourrais acheter en France. En fonction du terrain sur lequel il pousse, un champignon n'aura pas les mêmes vertus. En fonction des plantes dont elle se nourrit, une fourmi n'aura pas les mêmes qualités. Si la marquise a jugé que les meilleurs ingrédients étaient dans ce temple, c'est qu'elle avait une bonne raison.

Comme avec le champignon-chenille de l'Himalaya et la fourmi coupe-feuille de l'Amazonie, il s'agit parfois d'une simple rencontre. Celle d'un hôte et de son substrat.

Des taches sombres sur le tronc indiquent l'endroit où l'arbre est possiblement infecté, et a produit de la résine.

« Aly, tu as un couteau ? »

Il relève légèrement son t-shirt, révélant à sa ceinture un étui en cuir, abritant lui-même un petit canif qu'il me tend. Je mets un instant à le saisir, trop occupée à reluquer ses abdos finement dessinés.

Je perce un trou minuscule dans le bois. Sa texture est inhabituellement molle. Je creuse un tout petit peu plus, jusqu'à tomber sur une partie plus dure et sombre. Les braconniers coupent l'arbre en entier pour extraire jusqu'au dernier milligramme de bois de oud. C'est hors de question pour moi. Je n'en prends qu'un tout petit morceau dans un sachet hermétique, juste ce qu'il me faudra pour le philtre. Ces arbres sont suffisamment menacés. La marquise en parlait déjà dans sa fable :

*Son cadet le troisième, guère moins stupide,*
*Préférait la fragrance humide*
*D'une forêt aux arbres majestueux,*
*Qu'on disait protégée par les dieux.*
*Il saignait les troncs du matin au soir,*
*Se délectait de leur divin nectar.*
*Il succomba au sortilège amer si bien,*
*Que, du frère et de son hôte, il ne resta rien.*

À trop éprouver les arbres à oud, on ne parviendra qu'à les tuer. Ils sont malheureusement en voie de disparition, à cause du braconnage. Il faut dire qu'un kilo de calambac peut atteindre plusieurs dizaines de milliers d'euros. Plus cher que l'or ! Mais tout l'or du monde ne pourra pas ramener à la vie une espèce disparue à jamais. Nous devons préserver ces espèces, et ça, la marquise le savait bien. Elle était vraiment en avance sur son temps. Écolo avant même la révolution industrielle. Avant même la Révolution française, en fait.

Je caresse le tronc à l'endroit de la microcoupure, que je rebouche avec des copeaux d'écorce, afin qu'elle ne s'infecte pas.

« Désolée, mon vieux. Je te laisse tranquille… »

J'ai entendu dire que les gouvernements lançaient des programmes de réintroduction des *Aquilaria*, mais cela prendra du temps avant que l'espèce ne soit tirée d'affaire.

Nous poursuivons notre exploration du temple. L'endroit n'est pas si grand, en tout cas bien moins que le palais du sultan Haider dans le Sahara. Sinon, je pense qu'il aurait été redécouvert plus d'une fois. Cela dit, comme le palais était camouflé dans l'immensité du désert, ce temple est discrètement lové contre une grande colline, dont la paroi sert de quatrième pan de la muraille. Plutôt ingénieux.

Au pied de ce mur naturel, je remarque aussitôt une rangée d'arbustes, aux longues feuilles lancéolées, d'un vert éclatant.

« Alistair, arrête-toi. »

Il se fiche royalement de la flore, plus occupé à scruter les moindres aspérités des vestiges du temple, consignant frénétiquement des notes dans son calepin. Chacun son truc !

« Qu'y a-t-il, encore ?

— *Eurycoma longifolia*. Le *tongkat ali*. »

Il daigne à peine lever le nez vers moi.

« L'autre plante que tu recherches ? »

Oh oui, je l'ai cherchée. Bon sang, ce que j'ai planché sur cette partie de la fable de la marquise !

*Il succomba au sortilège amer si bien,*
*Que, du frère et de son hôte, il ne resta rien.*

« Aly, le couteau… »

J'aurais pu le garder la première fois, mais je lui ai rendu exprès pour pouvoir mater son ventre musclé à nouveau.

Du bout de la lame, j'extrais délicatement un morceau de racine, sans menacer la survie de l'organisme.

« À quoi sert cette plante, au juste ? Je suis sûr d'en avoir vu, dans mon jardin.

— Ça m'étonnerait. Elle a des propriétés antiulcéreuses, anti-inflammatoires, antidiabétiques… »

Ce n'est pas un mensonge. Les quassinoïdes, composés qui donnent son extrême amertume à la plante, montrent de nombreux effets bénéfiques, en plus de ceux, très spécifiques, que je recherche.

« Eh bien, se vante Alistair, on peut dire que je t'ai porté chance pendant ce voyage. »

Quelque chose derrière l'arbuste attire mon regard et m'empêche d'écouter ses pitreries. En écartant légèrement ses branches, je tombe sur une large fissure dans la paroi rocheuse. Assez large pour s'y faufiler. Les images se bousculent dans ma tête. Je visualise des engrenages cachés, menant à un passage secret, lui-même débouchant sur des reliques inestimables. Je secoue la tête. Il faut que je calme mes ardeurs. Aly a raison, je lis trop de bouquins !

D'abord, je ramasse au sol une large branche, de la taille d'une batte de base-ball.

« Attends, ne me dis pas que tu…

— Aly, prends ton couteau et découpe une de tes manches.

— Tu plaisantes ? Les moustiques vont me bouffer vivant. Découpe plutôt la tienne !

— C'est du modacrylique, ça ne conviendra pas. Il me faut du coton, de la viscose. Allez, ne sois pas chochotte, donne-moi un bout de tissu, n'importe quoi… »

Mes explications n'altèrent en rien sa grimace de désapprobation.

« Aly, si tu ne m'aides pas, on ne pourra pas explorer cette cavité. Tu imagines les trésors cachés qu'on pourrait trouver ? C'est comme ça que des enfants ont découvert la grotte de Lascaux, je ne vais pas t'apprendre ça ! »

Il soupire.

« N'importe quel tissu ?

— Absolument. »

L'air agacé, il scrute les alentours.

« Attends-moi ici.

— Je ne bouge pas. »

Il s'éloigne de quelques mètres, pour disparaître derrière un buisson. Je tends l'oreille. Comme dans ma chambre d'hôtel, je me tiens immobile, les yeux fermés, pour booster mon acuité auditive. Qu'est-ce qu'il fait, au juste ?

Un cliquetis métallique. C'est une ceinture qu'on déboucle. Mais… pour quelle raison ?

La curiosité s'empare de moi. Mes jambes se déplient avant même que je ne leur en donne l'ordre. À pas feutrés, j'approche du fourré. À travers les interstices laissés par le feuillage épais, j'entrevois son corps bouger, sans vraiment savoir comment. Avec la discrétion d'un jaguar, j'écarte doucement une branche. Je perçois une touche de beige dans ce tableau vert. Mais ce n'est pas le beige de sa combinaison.

Je couvre instinctivement ma bouche, pour retenir un hoquet d'admiration. J'écarte un peu plus la branche et c'est un tableau de maître qui se dessine devant moi. Alistair me tourne le dos, pantalon aux chevilles. Il se penche en avant, voûtant ses vertèbres saillantes et bombant ses larges dorsaux. Puis, à ma grande surprise, il fait glisser son caleçon le long de ses jambes interminables. Mais ce ne sont pas ses gambettes qui m'intéressent. À seulement quelques mètres de moi, je m'enivre de la vision divine de ses fesses. Oblongues, galbées et rebondies, comme les collines qui nous entourent. Les reliefs de ses muscles créent un jeu d'ombres et de lumière, qui renforcent un peu plus leur aspect athlétique. *Mamma mia*, son corps est devenu un chef-d'œuvre de la Renaissance !

Toute bonne chose ayant une fin, mon modèle ne tarde pas à se rhabiller. Je redescends sur Terre, croisant son pantalon qui remonte. Ses jambes disparaissent sous le textile opaque et les miennes s'élancent à reculons. Je m'accroupis pile au moment où Alistair émerge du buisson, son caleçon à la main.

« Tiens, le voilà, ton tissu. »

Je ne peux retenir un sourire malicieux en saisissant son « cadeau ».

Reprenant mes esprits, je débouche de mon sac à dos une bouteille de désinfectant. Par cette chaleur, son odeur alcoolisée se répand immédiatement dans nos narines. J'asperge généreusement le caleçon, ce qui semble offusquer notre majesté.

« Ça va, chouine-t-il, j'ai pas la syphilis non plus !

— Ce n'est pas pour ça, idiot ! »

J'enroule le caleçon à l'extrémité de la branche, bien serré. À l'aide du canif, je frotte la lame contre le cadran de ma montre, juste au-dessus du bâton. Des étincelles jaillissent aussitôt, embrasant le tissu imbibé d'alcool.

Alistair me dévisage d'un air étonné.

« Où as-tu appris à faire ça ? En Amazonie ou dans l'Himalaya ?

— Non, dans le Sahara ! »

Soulagée de voir ma torche s'allumer malgré l'humidité, j'attends d'avoir une belle flamme, avant de l'approcher de l'entrée du passage. Celui-ci semble profond et très étroit. Une obscurité infinie avale entièrement le halo projeté par le feu.

« Il faut qu'on traverse en crabe. »

Je hoche pensivement la tête. Alistair me lance un nouveau regard médusé.

« Quoi ?

— D'habitude, c'est le moment où tu te plains.

— Je te l'ai déjà dit. Oublie tout ce que tu croyais savoir sur moi. »

Certes, je n'irai pas jusqu'à dire que ça m'enchante de traverser un couloir rocheux sombre et sûrement inexploré depuis des siècles. Mais la curiosité est bien plus forte. Elle absorbe toutes mes autres émotions.

Je le pousse gentiment et m'aventure la première, une main tenant la torche, l'autre explorant la paroi à tâtons.

La texture change sans arrêt. Tantôt minérale, parfois sableuse, elle s'effrite entre mes doigts. Certaines des aspérités paraissent trop rectilignes pour être naturelles, des lignes tracées à rebours de l'inclinaison de la paroi, tellement contraires aux lois de la physique qu'il ne peut s'agir que d'une intervention humaine. De temps à autre, la paroi devient extrêmement douce et filamenteuse. Nous savons tous qu'il s'agit de toiles d'araignées, mais laissez-moi croire qu'il s'agit de barbe-à-papa. Et ces craquements réguliers sous mes chaussures, ce sont des pop-corn, certainement pas des nuées d'insectes que je piétine. Nous cheminons en pente descendante, qui me paraît s'accentuer de plusieurs degrés à chaque mètre parcouru. Je m'agrippe un peu plus fermement à la roche, pour ne pas risquer de glisser sur le sol mi-humide, mi-sablonneux. La torche commence à faiblir. Ce n'est pas comme au cinéma, elles ne tiennent pas des heures.

Le passage se resserre, si bien que je dois sérieusement rentrer le ventre pour continuer d'avancer. C'est la première fois que je dois passer par un endroit aussi étroit, depuis ma naissance (pardon, maman). L'espace d'un instant, la peur s'empare de moi. La crainte de rester coincée, de manquer d'oxygène, de mourir à petit feu. Allons, Camellia, tu as suffisamment de phobies comme ça, ce n'est pas le moment de devenir claustro !

Je me tourne vers Alistair. Enfin j'aimerais, mais impossible de pivoter d'un degré dans cette configuration.

« Tu passes ?

— Disons que je suis content d'avoir sauté le petit-déjeuner ce matin. »

Sa voix est faible, il doit à peine avoir l'espace suffisant pour respirer. Je presse le pas pour nous sortir de là le plus vite possible.

Heureusement, le chemin s'élargit de nouveau, mais pas encore assez pour me permettre d'avancer de face. Mon corps déchire entièrement une nouvelle toile de barbe-à-papa. J'ai l'impression de traverser une compresse de gaze géante.

Six ou sept mètres plus loin, le corridor débouche (enfin) sur une caverne grande comme une église. Le sol de pierre est parcouru de multiples fissures, comme un lac gelé sur le point de craquer. Le plafond est si haut qu'il disparaît dans la pénombre.

Au même moment, la lumière vacillante de la torche livre ses dernières lueurs, avant de s'éteindre. Mais l'endroit ne disparaît pas pour autant, illuminé par un, ou plutôt plusieurs petits puits lumineux au plafond.

La semi-obscurité donne à la roche des allures féeriques. La lumière, reflétée dans les flaques géantes, crée des ombres aux formes vaguement humanoïdes. Elles dansent et rebondissent sur la pierre, jambes et bras désarticulés. Elles semblent se raidir quand je les fixe, puis accélérer lorsque je cligne des yeux.

Un bruit diffus d'écoulement trahit la présence d'une source souterraine puissante. Sûrement une rivière en sous-sol, reliant la forêt à la montagne. Peut-être celle qui se termine dans les cascades que nous avons traversées. Le clapotis de l'eau, le vrombissement régulier des insectes et le vent dans les galeries jouent une agréable musique, fantasmagorique. C'est le cœur de la grotte qui bat. L'eau diffuse son énergie magnétique dans les cavités qu'elle a elle-même sculptées.

Des dizaines de stalactites pendent du plafond et cherchent à rejoindre d'autres concrétions au sol. Entre elles serpente un tapis de mousse verte. Il répand une lumière émeraude qui rayonne par intermittences, au gré des rayons qui parviennent à s'infiltrer.

Cet air très frais me clarifie un peu l'esprit. Tels deux explorateurs, nous avançons d'un pas prudent mais sûr, dont l'écho se propage à plusieurs mètres à la ronde. Du moins, jusqu'à ce que mon pied s'enfonce profondément dans une flaque visqueuse. Je m'y serais sans doute enfoncée tout entière, si Alistair ne m'avait pas retenue *in extremis*.

« Des trous de vase. Attention où on met les pieds. »

Heureusement, mes pupilles sont de plus en plus dilatées, améliorant ma perception de l'architecture de la grotte. Alistair parlait plus tôt d'avoir sauté le petit-déjeuner. Moi, je suis contente d'en avoir pris un. Surtout de m'être empiffrée de confiture de myrtilles. Le fruit contient des anthocyanes, pigments qui lui donnent sa couleur bleu foncé. Ils participent aussi à la synthèse de rhodopsine, substance présente dans les bâtonnets de la rétine, cellules impliquées dans la vision nocturne et l'acuité visuelle. En résumé, pour mieux voir la nuit, mangez des myrtilles. Parfois, je me dis que j'aurais pu faire du marketing, au lieu de la recherche.

L'odeur de la roche humide et de la mousse en décomposition ravive mon âme de néo-aventurière. Je suis assaillie de souvenirs confus échappant à tout sens chronologique et géographique.

Du granite sombre forme trois des parois de la grotte, striées de gris et de noir, marbrées et fracturées. Le mur du fond a été entièrement poli, si bien qu'il reflète la lumière. Mais ce n'est pas ça le plus impressionnant. Sur toute sa surface est sculpté un bas-relief, représentant des dizaines d'êtres humains, prosternés devant une silhouette bien plus imposante. En plus de s'étaler sur plusieurs mètres de haut et de large, cette œuvre déborde de vie. Malgré les outils rudimentaires probablement utilisés pour la réaliser, les protagonistes donnent l'impression de bouger. Nous restons tous les deux hypnotisés devant cette scène qui semble se recréer sous nos yeux.

Cette fois, c'est Alistair qui en perd son latin.

« *Holy sh…* »

Son enthousiasme est communicatif. Mais pas pour la découverte archéologique. À cause de la personne géante représentée au centre de l'œuvre. Une silhouette féminine, gracile, dont les traits et la tenue dénotent par leur élégance. Comme si elle avait fusionné avec la roche, photographie minérale d'un réalisme saisissant.

« Cette femme au milieu, souffle Alistair. Ce devait être leur souveraine, peut-être leur déesse.

— Une reine, une comtesse…Pourquoi pas une marquise ?

— Je ne crois pas que ce petit village ait eu autant de titres de noblesse. »

Ceux qui ont représenté la marquise ne font jamais dans la retenue. Comme le tableau gigantesque dans le palais du sultan. Elle arbore la même chevelure courte, inhabituelle pour l'époque. Je suis fascinée par la façon dont elle a été acceptée par tous les peuples qu'elle a visités. Ce n'est pas seulement dû à son physique. La marquise devait être une formidable oratrice, doublée d'une redoutable séductrice. On parle d'une femme capable de traverser seule la jungle, d'apprendre un langage autochtone en quelques jours. Elle était géniale, prodigieuse. Chaque fois que je pense la rattraper, le sort me rappelle qu'elle est toujours en avance sur son temps, y compris le mien.

Grande de plusieurs mètres, la sculpture de la marquise semble nous fixer, nous suivre du regard, comme la Joconde. Son regard aspire mes pas. Mais je m'arrête instinctivement, persuadée qu'il y a un cordon de sécurité comme dans les musées. Alistair, lui, ne ralentit pas.

Il est aimanté par la curiosité scientifique. Je connais cette sensation.

Du bout des doigts, il frôle le bas-relief, à plusieurs endroits. Il prend ensuite ma main pour la coller contre la paroi.

« Tu sens ça ?

— Il y a une différence de texture. Tu crois que c'est volontaire ? »

L'artisan s'est infiniment plus appliqué à sculpter la marquise, que le reste.

« Ça ne fait aucun doute. Ils devaient vénérer cette femme comme une divinité. Pas question de la représenter comme une simple mortelle. C'est courant. Dans certaines religions, on s'interdit même de dépeindre les dieux. Notre art n'est pas assez bon pour restituer leur perfection. »

Les gens de ce temple, eux, ne s'interdisaient visiblement rien. Tout autour de la silhouette divine sont gravées d'étranges formes géométriques.

« C'est quoi, ces symboles ?

— On dirait des fleurs… »

Pas n'importe lesquelles. Je suis persuadée qu'il s'agit de la fleur tatouée sur l'avant-bras de Dahlia. Celle avec six pétales triangulaires, dont le nom d'espèce ne me revient toujours pas.

« Et qu'est-ce qu'elle tient dans la main ? Une sorte d'artefact… ? »

Je le vois d'ici. Je vous l'ai dit, ma vision nocturne est bonne aujourd'hui. Ses mains jointes serrent un objet en forme de cœur. Probablement son célèbre gâteau. Elle a dû l'expérimenter ici, avant de l'éprouver sur le prince saharien. Cette idée me fait froid dans le dos. Elle était déterminée à accomplir sa quête, quoi qu'il en coûte. Plus que le fossé entre notre courage et nos capacités intellectuelles, je pense que c'est cette différence d'empathie qui nous sépare le plus. Parfois, les plus grands savants ont mis leur génie au service de causes pas toujours nobles. La marquise a vécu dans un siècle particulièrement prolifique en philosophie, où se sont affrontées de nombreuses idéologies, dont je suis contente que certaines n'aient pas abouti. Je suis moi aussi résolue à accomplir ma mission, au prix de ma vie. Pas celle des autres.

Mais tout ça, je ne le dirai pas à Alistair.

« Il faut que je le voie de plus près », décide-t-il.

Inarrêtable, il se construit un marchepied de fortune en empilant quelques pierres humides. L'édifice paraît aussi stable qu'un château de cartes. Son équilibre devient encore plus précaire lorsqu'il se hisse sur la pointe des pieds.

« J'y suis presque…

— Tu ne devrais pas… »

La fin de ma phrase est étouffée par un craquement sourd. Celui du corps d'Alistair qui s'écrase lourdement au sol.

Je pousse un cri et me précipite vers lui, inquiète qu'il ne dise rien. Pourvu qu'il n'ait pas perdu connaissance. Une douleur vive et pulsatile tiraille mon ventre, comme si mon corps voulait absorber son mal.

« Aly, tu n'as rien ? »

Je me penche au-dessus de lui. Je voudrais l'attraper quelque part, mais je ne sais pas où. J'ai peur de lui faire mal. S'il est déjà blessé, ça ne ferait qu'aggraver les choses…

« Aly ? Aly ! »

Non… je ne peux pas le perdre. Ce n'est pas la première fois que je suis confrontée à une situation d'urgence. Lorsque Kamal s'est fait tirer dessus au Népal, j'ai pu lui prodiguer les premiers soins. Quand Marouane s'est fait piquer par un scorpion mortel, j'ai pu limiter la casse. Même quand Garthiga a commencé à suffoquer, je n'étais pas aussi stressée. Mes mains tremblent. Voir Alistair dans cet état me rend folle. Folle de panique, folle de trouille, folle de tout. Je n'arrive plus à réfléchir. Mon cerveau s'est vidé de tout ce qu'il a appris. Je ne vois plus qu'Alistair. Son passé, notre passé. Notre futur. Comme lorsque j'ai failli mourir dans le Sahara. Mais au lieu de voir ma vie défiler, je revois nos moments ensemble.

« Aly, réveille-toi ! »

Alors qu'une larme commence à perler au coin de mon œil, il se redresse mollement et époussette son t-shirt.

« En effet, je n'aurais pas dû. Je vais avoir un bleu sur les fesses. »

Je lui envoie une tape sur l'épaule qui devrait lui donner un autre hématome. Ce nigaud ne crie pas quand il se fait mal. Il est trop anglais pour ça.

En grimaçant, il remonte le bas de son pantalon. Enfin, il essaye, car son mollet est tellement gonflé qu'il a transformé son pantalon en slim. J'utilise le canif pour trancher net le tissu.

« Je savais bien que tu avais les chevilles qui enflent. »

Au sens propre, surtout la gauche. Elle a déjà doublé de volume par rapport à l'autre. Dans la semi-obscurité, ce n'est déjà pas beau à voir, je n'ose l'imaginer à la lumière du jour.

« Ça n'a pas l'air cassé mais tu dois avoir une belle entorse. »

Vous connaissez la loi de Murphy ? Évidemment que vous la connaissez, j'en ai déjà parlé à deux reprises. Cette fois, j'ai la malchance d'avoir laissé une bonne partie de mon nécessaire de secours à l'hôtel. Mais si j'ai retenu une chose de mes précédents voyages, c'est que la nature offre toujours une solution à qui sait où les chercher.

« Attends, j'ai une idée. »

Je plonge prudemment la main dans un des nombreux points d'eau stagnante qui nous entourent, et la remue délicatement. Mes doigts décrivent des cercles concentriques en avançant vers le fond. Je n'aurais jamais fait ça, il y a deux ans.

« Qu'est-ce que tu fais ?

— Je suis certaine qu'il y en a…

— Qu'il y a quoi ?

— En voilà une !

— Une quoi ? »

Il écarquille les yeux quand je dépose une sangsue gluante sur sa cheville.

« Ne t'inquiète pas. En aspirant un peu de sang, elle va t'aider à résorber l'œdème. Et sa salive contient un anesthésique local.

— Parmi des centaines de saloperies ?

— Les sangsues ne transmettent pas de parasites à l'humain. Tu sais, elles sont encore utilisées dans plein d'hôpitaux… »

Je pose le ver sur sa cheville. Alistair sursaute. Il grimace, mais pas de douleur. Plutôt de dégoût.

« C'est comment ? je demande.

— Comme quand tu m'as fait un suçon, au bal du Nouvel An. »

Je suis vexée qu'il compare mes lèvres à celles d'une sangsue ! Il mériterait que j'en colle une sur les siennes pour le faire taire.

« Estime-toi heureux, je pourrais utiliser ta technique pour soigner les piqûres de méduse… »

L'animal gonfle à vue d'œil. Il devait être affamé. Ça ne devrait pas prendre plus de trente minutes pour qu'il se gorge de dix fois son poids en sang.

« J'aurai du mal à rentrer à pied. Tu me portes ?

— Je te supporte, c'est déjà bien assez. »

Je sors mon téléphone de ma poche. Évidemment, je n'ai aucun réseau.

« Il faut que j'appelle les secours. Je vais essayer de capter un signal à l'extérieur. Attends-moi ici.

— Je ne bouge pas… »

Je le laisse en charmante compagnie et rebrousse chemin jusqu'à l'entrée du passage. C'est un peu plus facile, maintenant qu'on sait à quoi s'attendre. Plus facile aussi, quand on avance vers la lumière. Je me surprends à atteindre la sortie en quasi deux fois moins de temps qu'il n'en a fallu pour l'aller.

Mais la vraie surprise a lieu quand je suis enfin à l'extérieur. Je frotte mes yeux pour m'assurer que la luminosité ne me joue pas des tours.

Non, je ne rêve pas. Je me retrouve face à la dernière créature que je m'attendais à croiser ici.

Non, pas un python. Il a bien deux bras et deux jambes.

Non, il ne s'agit pas d'un orang-outan non plus, ni d'un tigre, mais bien d'un homme.

Pas n'importe lequel.

« Bonjour, Camellia.

— Fernando… »

# 19

Il semble aussi surpris que moi, drapé dans une tenue entièrement orange qui me rappelle celle que je portais en prison.

« Mince, tu es déjà sortie.

— Je te retourne la remarque. Comment as-tu échappé à la police ? »

Il hausse les épaules.

« Un pot-de-vin par-ci par-là. Il suffit d'arroser les bonnes personnes. »

Je ne suis qu'à moitié étonnée. Après tout, ces gens-là m'ont fait sortir sans effort d'une prison colombienne.

« Tu as arrosé l'inspecteur Zaahir aussi ? »

Il secoue la tête.

« Non. Ce gars est plus rigide qu'un balai, tu as pu le constater.

— Tu ne t'en sortiras pas.

— Ne t'en fais pas pour moi. Au fait, où est ton blondinet ? Tu l'as tué pour de vrai ? »

Il éclate de rire. Pas moi.

« Tu nous as suivis ? Pourquoi ?

— Quelle question ! Pour finir ce que j'ai commencé. »

Du bout du menton, je désigne le tas de branches qu'il a amassé à ses pieds.

« Comment tu comptais t'y prendre ?

— J'avais envisagé de bloquer l'entrée de la caverne. »

Je fronce les sourcils. Quelque chose cloche.

« C'est tout ? Pas de poison cette fois ?

— Déçue ? »

Je serre les poings, dont l'un d'eux tient encore le couteau d'Alistair. Fernando le surveille constamment du coin de l'œil.

« Alors, lui dis-je sur un ton de défi, tu ne comptes pas finir ce que tu as commencé ?

— J'ai lu les rapports, je ne ferai pas la même erreur que les autres. Je ne sais pas comment tu as fait, mais chaque fois qu'on essaye de te vaincre par la force, on se casse les dents. Tu es une sorte de ninja ? Une espionne surentraînée ?

— Non, juste une pharmacienne, mais ça peut être tout aussi redoutable. »

Il grimace tout en grattant nerveusement ses mains.

« Un problème de démangeaisons ? Le stress, peut-être ? »

Il semble apprécier mes remarques sarcastiques.

« Non, juste des foutus moustiques. »

Fernando pointe du doigt l'entrée obscure de la caverne.

« C'est marrant. Au café l'autre jour, ton blondinet n'avait pas l'air très au courant de tes manigances. Sinon, tu n'aurais pas hésité à le défendre contre les accusations de l'inspecteur. Il n'est pas seulement un guide pour toi, je me trompe ? »

Je me mords nerveusement la lèvre, ce qui ne lui échappe pas.

« Tu sais, reprend-il, j'ai divorcé quatre fois, alors je m'y connais un peu. C'est le gars sur qui tu veux utiliser le philtre, n'est-ce pas ? »

Je ne réponds pas, le souffle coupé par la nervosité. Il éclate de rire.

« Ce n'est pas à toi que je vais apprendre ça. Le philtre, c'est comme de l'hypnose. Ça ne fonctionne pas sur une personne si elle le refuse. Donc si je lui révèle tes plans, il sera constamment sur la défensive et tu ne pourras plus jamais le charmer. Tu n'auras aucune raison de continuer cette quête et on aura gagné. »

Un éclair traverse mes tempes. Cette fois, c'est trop. Qu'on me menace directement, qu'on m'agresse physiquement, qu'on me presse psychologiquement, passe encore. Mais qu'on mette en péril ma quête, ça je ne l'accepte pas.

« Mais j'ai une proposition. »

Il plonge la main dans la poche poitrine de sa chemise et en sort une petite gélule beige. Nous savons tous ce qu'elle contient.

« Salopard, ça ne t'a pas suffi de tuer une femme innocente ?

— Avale-la et je te promets de disparaître. Je ne dirai rien à ton prince. Ta quête est finie de toute façon. Évite-toi l'humiliation à vie. »

La colère bouillonne en moi. Ma gorge se serre et mon cœur s'accélère. Les deux signes annonciateurs de sa présence. Celle de l'autre moi, violente, qui sommeille au fond de ma psyché.

*Laisse-moi sortir.*

Non, c'est toi qui vas m'écouter cette fois.

Au lieu de laisser mon double tout saccager sur son passage, je respire profondément pour la canaliser, la rediriger vers moi. D'un spasme puissant, je sens son énergie m'emplir. Mes sens sont aiguisés, mon esprit aussi. Tout l'environnement m'apparaît d'une clarté plus lisible que jamais. Je viens de comprendre ce qui me gênait, quelques secondes plus tôt.

Face à moi, Fernando continue de s'agiter.

« Dépêche-toi, avant que ces foutus moustiques me bouffent jusqu'à l'os.

— Alors toi, t'es l'empoisonneur de la bande ? Adonis aussi, faisait joujou avec des fioles et des seringues.

— Ne me compare pas à ce gorille. Il a la délicatesse d'un marteau. Il essaye de me copier, mais au fond, il est tout juste bon à manier des scies. Moi, je suis un scalpel. »

Je pointe du doigt l'amas d'arbustes et de branchages avec lequel Fernando avait prévu de nous emmurer vivants.

« Est-ce que tu sais au moins ce que c'est ?

— Quelle importance ?

— Toxicodendron, rengas, ipoh… Tu connais le point commun entre toutes ces plantes que tu viens de saccager ?

— Non, mais tu ne résisteras pas à l'envie de me le dire…

— Leur sève provoque de violentes réactions cutanées, par simple contact. »

Il place le dos de sa main devant ses yeux. Sa peau commence à se boursoufler de petites cloques.

« Tu bluffes…

— Tu ne sens pas à quel point ton visage est gonflé ? »

Cet idiot porte aussitôt les mains à ses joues pour les tâter, ce qui a pour effet de propager le poison.

« Là, je bluffais. »

Trop tard. La réaction est violente, instantanée. Fernando se penche soudainement vers l'avant, comme si on venait de l'asperger avec un spray lacrymogène. Courbé en deux, il se tortille dans tous les sens, en poussant des râles rauques. Ses mains s'agitent frénétiquement, comme animées de leur propre volonté folle. Il souffre d'une violente pulsion de se gratter, mais cela ne ferait que l'intoxiquer davantage. Alors il frotte frénétiquement ses manches contre son visage.

Lorsqu'il me refait face, il est méconnaissable. Cette fois, ses joues ont véritablement doublé de volume. Ses paupières sont si gonflées que ses yeux ont rétréci à d'imperceptibles fentes.

Il se met à tousser, à éternuer, à cracher, souvent les trois en même temps.

« J'ai oublié de le préciser. Cette sève est aussi très volatile. Elle peut facilement irriter les voies respiratoires. »

Il chancelle d'un côté puis de l'autre, avant de s'effondrer à quatre pattes.

« Qu'est-ce que ça fait, de se retrouver à la place de la victime ? L'arroseur arrosé, ou plutôt… l'empoisonneur empoisonné. »

Il tombe à plat ventre dans l'herbe, et mobilise ses dernières forces pour rouler sur le dos. J'approche pour le surplomber. Avec ses yeux tuméfiés et embués, je doute qu'il puisse discerner mon sourire vindicatif.

« J'ai vu les grenouilles venimeuses de l'Amazonie et les scorpions du Sahara. Ce n'est pas un empoisonneur du dimanche comme toi qui va m'impressionner. Tu achètes sûrement tes poisons sur le *dark web*. Sans le mode d'emploi, tu ne ferais pas la différence entre du cyanure et de la chapelure. La nature ne met pas de notice sur ses poisons. Il faut l'étudier et la respecter pour avoir le privilège d'utiliser ses trésors. »

Il tend vers moi une main désespérée. Sa gorge ne peut émettre guère plus qu'un sifflement aigu, à peine perceptible. Je l'ignore ostensiblement en pianotant sur mon portable, comme une ado rebelle.

« Rassure-toi, Berbéris, je devais appeler des secours de toute façon. On fera du covoiturage. »

# 20

Le train d'atterrissage glisse en douceur sur une des nombreuses pistes de l'aéroport Charles-de-Gaulle.

« Déjà ? »

J'étire mes bras et mes jambes autant que me le permet le siège exigu d'une classe éco, en étouffant un bâillement. J'ai dormi comme un bébé pendant quasiment les treize heures de vol, et sans somnifère cette fois ! Je n'ai plus du tout peur de l'avion. Bon, j'admets avoir eu un petit pincement nerveux avant le décollage, lorsque l'agent des douanes a fouillé mon sac.

De retour sur le plancher des vaches, Alistair et moi récupérons nos bagages. Au détour d'un couloir, il sursaute lorsque nous tombons sur une patrouille de police. Je lui adresse un coup de coude moqueur.

« Relaxe, Watson ! L'affaire est terminée, on n'a plus rien à craindre !

— Comment peux-tu être aussi zen ? On a été à la fois les cibles et les suspects d'un meurtre ! »

Dit comme ça, c'est vrai que ça paraît beaucoup. Mais pour moi, ce séjour a été presque plus sage que les précédents. D'ailleurs, j'en sors relativement indemne. Lors de ma première aventure au Népal, j'étais revenue avec des doigts cassés et le larynx enfoncé. J'ai frôlé la mort à chacun de mes voyages. Je commence à devenir rodée à ce genre de dangers. On ne peut pas en dire autant pour Alistair, claudiquant maladroitement sur ses béquilles. Il n'a pas l'habitude. Je ne l'ai jamais vu en si piteux état, mais il s'en remettra. Les médecins ont dit que c'était juste une grosse entorse.

Après l'accident, nous avons été hélitreuillés jusqu'à l'hôpital de Kuala Lumpur, où Fernando/Berbéris a aussitôt été remis aux autorités. Cette fois, il n'est pas près de s'échapper, le dossier est remonté très haut dans la hiérarchie. D'ailleurs, nous avons été chaudement félicités par la police malaisienne, et avons fêté ça autour d'un délicieux *teh tarik*.

En sortant de l'aéroport, nous retrouvons la grisaille de l'automne parisien. L'air froid et sec chatouille nos narines d'effluves vaguement soufrées. Quand on y vit constamment, on ne se rend pas compte de la pollution en ville. Mais quand on a passé du temps dans la nature sauvage, on réalise à quel point la métropole baigne dans un smog épais et suffocant. Adieu forêt millénaire, bonjour jungle urbaine. À commencer par la file d'attente des taxis.

« Et maintenant ? demande Alistair.

— Et maintenant, chacun rentre chez soi. On a un article à écrire, tu te souviens ? Tu t'occupes de la partie archéologie, et moi de la pharmacologie. On le publie avant la fin de l'année, d'accord ? »

Il acquiesce, alors qu'un coup de klaxon me fait sursauter.

« Je crois que ton carrosse t'attend. »

Une berline noire est stationnée devant nous, son chauffeur pestant déjà d'impatience derrière son volant.

« Au revoir, Aly. »

Son regard bleu a perdu toute trace d'orgueil, au profit d'une tendresse sincère. Je me hisse sur la pointe des pieds pour déposer un baiser sur sa joue. Puis je tourne les talons avant d'ouvrir la portière du taxi.

« Camellia. »

Je me retourne, après avoir effacé le sourire satisfait de mon visage.

« Qu'y a-t-il ?

— Malgré les circonstances, j'ai été content de te revoir. J'espère que tu ne vas pas encore disparaître dix ans…

— Ne t'en fais pas, je te promets qu'on se reverra très bientôt. »

# 21

J'enfile ma blouse blanche. Puis j'attache mes cheveux en queue de cheval, que je recouvre d'une charlotte transparente. Enfin, une paire de gants en nitrile bleu, dont je fais claquer la base contre mon poignet. Fin prête !

Quoique, ça fait (très) longtemps que je n'ai pas manipulé et il me faut un peu de temps pour retrouver mes repères. Mes préparatrices Jade et Julie s'y prendraient bien mieux que moi. Mais c'est un rituel que je dois accomplir moi-même, seule.

Mortier et pilon en porcelaine, spatule, capsule, cupule. Mais aussi pipette, pissette, éprouvette.

Plus important, j'ai sorti tous les ingrédients de mon coffre-fort.

D'abord, le cordyceps. Mon champignon-chenille. En ouvrant le sachet, je jurerais sentir le parfum frais des conifères, seuls capables de survivre sur les hauts plateaux himalayens. Moi ? Je n'y aurais jamais survécu, sans mon guide Bishal. Montagne de calme et de gentillesse, mais qui avait tendance à se dérober face aux difficultés. Nous avons énormément appris ensemble. Un choc des cultures, comme deux plaques tectoniques qui, en se heurtant, peuvent créer les plus hauts sommets jamais vus.

Je pince entre mes doigts le cordyceps. Si petit, si précieux… Tout a commencé avec lui. Je reste un instant à l'observer sous tous les angles, pour la dernière fois. À l'aide d'une paire de ciseaux, je le découpe en petits morceaux qui tombent dans mon mortier en porcelaine. D'abord son filament brun et fin, correspondant au corps du champignon. Puis l'autre partie, jaune, rugueuse et grumeleuse, vestiges de feu la larve.

J'attrape ensuite mon pilon et je commence à broyer le tout. Mon poignet s'échauffe rapidement. Je manque vraiment de pratique. Je finis par obtenir une poudre jaune pâle, à la couleur et la texture de sable fin. Je me souviens en avoir goûté, à Katmandou. Ça n'avait pas vraiment de saveur et c'est tant mieux. Il n'en sera que plus facile à dissimuler. Et puis, on n'est pas dans un concours culinaire.

Je prends le sachet contenant le, ou plutôt *les* ingrédients suivants. Fleurs de damiana, feuilles de *picho huayo* et écorce de *clavo huasca*. Trois plantes aphrodisiaques puissantes dont se nourrissent les fourmis coupe-feuille, l'ancien ingrédient de la marquise.

Dès le début de ma quête, je me suis promis de ne pas nuire aux êtres vivants, pas même un insecte. Aujourd'hui, je suis fière d'avoir tenu cette promesse. Comme la forêt dont ils sont issus, ces ingrédients sont fragiles. Obtenir tous leurs bienfaits sans les altérer va requérir toute mon expertise. Je me revois dix ans en arrière, avec le professeur Columelle penché derrière mon épaule, pendant les travaux pratiques d'extraction. Il y a trois techniques principales pour extraire les composés actifs d'un végétal.

L'infusion : la technique la plus connue. On verse l'eau frémissante (pas bouillante) directement sur la plante, avant de couvrir et laisser infuser quelques minutes. On réserve cette méthode pour les parties fragiles des plantes, comme les fleurs et les feuilles, ainsi que celles qui renferment des composés volatils.

La décoction : on trempe la plante dans l'eau froide, qu'on porte à ébullition pendant plusieurs minutes, avant de laisser infuser autant de temps hors du feu, sous couvercle, et enfin de filtrer. Cette méthode permet d'obtenir le produit le plus concentré. Mais c'est aussi la plus agressive. On la réserve aux parties coriaces du végétal, comme les racines, les tiges. On trouve fréquemment des décoctions de réglisse, d'anis ou de bâtons de cannelle.

La macération : on laisse tremper la plante dans le liquide froid, le plus souvent de l'eau, parfois dans l'alcool pour obtenir des teintures. Le temps de contact est long, plusieurs heures à plusieurs jours. Ce mode opératoire est le plus doux, mais aussi le moins efficace. La macération n'est utilisée que pour les plantes très fragiles (comme la mauve et la guimauve), dont on veut à tout prix préserver les composés craignant la chaleur.

Dans mon cas, je prépare deux récipients séparés. Dans le premier, je fais infuser les fleurs de damiana et les feuilles de *picho huayo*. Dans l'autre, je lance une décoction des racines de *clavo huasca*. Une odeur boisée se répand aussitôt dans le préparatoire. J'ai l'impression d'être revenue dans la forêt vierge d'Amazonie. Vierge de civilisation, peut-être, mais certainement pas de vie. Elle fourmille partout, du sous-sol jusqu'à la canopée. Je n'ai jamais vu un endroit avec une biodiversité aussi riche.

Riche, cette aventure l'a été aussi en termes de rencontres.

D'abord, Policarpo. Un *bad boy* arrogant et terriblement séduisant. Un bellâtre belliqueux, tout le contraire de Bishal. Pourtant, lui aussi avait la fâcheuse habitude de fuir la réalité. En m'aidant à régler mes problèmes, il a finalement résolu les siens. Plus que ma vie, il a sauvé son village, et bientôt tout son peuple.

Ce succès, nous le devons en grande partie au chaman. Par sa science, il a éveillé nos esprits.

Nous n'étions pas seuls. Elle aussi, était là…

Dahlia…

À l'époque, je l'appelais encore Sibylle. Dès notre première rencontre, elle s'est jouée de moi. D'abord en s'immisçant dans ma complicité naissante avec Policarpo. Puis c'est allé crescendo, jusqu'à ce qu'elle me fasse jeter en prison. J'ai gagné, Dahlia. J'ai obtenu la formule du philtre, malgré toutes tes mesquineries. Et j'ai eu ma vengeance aussi, en la laissant moisir dans une prison dorée au milieu du Sahara.

En parlant de ça, j'attrape le troisième et le quatrième sachet. Le premier contient de la poudre de cantharide, ou mouche espagnole. Elle irrite les voies génitales, créant une sensation irrépressible d'excitation sexuelle. Mais elle est dangereuse. Quelques milligrammes de trop et c'est le corps qui s'enflamme. Haider le sultan a failli en faire la douloureuse expérience.

Comme avec les fourmis, il était exclu que je massacre des nuées d'insectes pour ma formule. Mais contrairement à elles, la cantharide ne doit son efficacité qu'à une seule molécule. La cantharidine. Je me la suis procurée, d'une pureté absolue, chez mon fournisseur de produits chimiques. Par rapport à la marquise, j'ai la chance de bénéficier de trois cents ans d'avance. À force de sillonner les coins les plus reculés de la planète à dos de yak, de dromadaire ou sur une pirogue, on a tendance à l'oublier. Conjuguer le savoir-faire ancestral avec l'avant-garde technologique. Appliquer nos connaissances modernes à la compréhension d'un sentiment aussi antique et universel que l'amour. Devenir la pionnière des sciences amoureuses. Telles sont mes ambitions.

L'autre sachet contient l'ambre gris. Un autre produit animal. De la déjection de baleine, rien que ça. Si on ne le sait pas, on ne peut pas le deviner. Il se présente sous forme d'un bloc d'apparence rocheuse, à la texture grasse.

Je le fais rouler au creux de ma paume. Il est lisse, doux et chaud, glisse sur ma peau comme les problèmes glissaient sur Marouane, mon merveilleux guide marocain. L'incarnation de la joie de vivre. Après mes nombreuses mésaventures et trahisons, il m'a réappris qu'on pouvait être foncièrement gentil, sans arrière-pensées.

Je fais doucement fondre mon ambre gris dans une petite capsule métallique, au bain-marie. Il répand aussitôt sa senteur atypique, panache d'iode, de musc et de vanille.

Il est temps de passer aux deux derniers sachets. Vous l'avez deviné, il s'agit des ingrédients que je viens de récupérer. Le calambac et le *tongkat ali*.

J'ajoute ces deux plantes à la décoction de ma racine amazonienne. On dit souvent qu'il ne faut pas sucrer une tisane. Par contre, rien ne m'interdit d'y ajouter une pincée de sel et une goutte de jus de citron. Cette fois, c'est bien gustatif. Le *tongkat ali* est extrêmement amer. Même une goutte pourrait altérer le goût d'une boisson. Si Alistair a le moindre soupçon en la buvant, cela pourrait ruiner tous mes plans. Alors, j'utilise de simples connaissances de chimie, déjà maîtrisées par tous les cuisiniers. Le salé et l'acide tendent à se neutraliser mutuellement. En plus, ils suppriment tous les deux l'amertume, de façon spectaculaire.

Voilà, j'ai utilisé tous mes ingrédients. C'était infiniment plus rapide que de se les procurer, c'en est d'ailleurs presque frustrant.

Progressivement, je rassemble le tout dans mon mortier, dont je touille le contenu vigoureusement. Tel quel, sous cette forme de bouillie hétérogène, le philtre sera compliqué à administrer. Comme pour les médicaments, il faut ajouter des excipients, un véhicule. Dans la légende de Fahima, la marquise de Vertmillon avait dissimulé sa formule dans un gâteau, en forme de cœur. Je n'ai pas très envie de l'imiter. D'une, parce que je suis nulle en pâtisserie. Et de deux, parce que j'ai peur que la cuisson n'altère mes ingrédients.

Toutefois, je suis prête à parier que la marquise, comme pour son philtre, n'a pas choisi la recette du gâteau au hasard. Vous l'avez lu dans les pages de mon *Traité des sciences amoureuses*. Pour déclencher l'amour, il faut agir sur le cerveau. C'est ce que font les composants du philtre, avec une puissance prodigieuse. Le coup de foudre passe par une explosion de dopamine et de phényléthylamine. L'amour durable, lui, passe par l'ocytocine.

Mais il existe aussi des ingrédients tout simples, capables d'agir sur ces voies, comme le chocolat. Je parie que la marquise en avait mis dans son gâteau.

Pour stimuler la production naturelle de dopamine, il faut se tourner vers des aliments riches en tyrosine et en phénylalanine, comme le lait et la viande. Le hasard faisant bien les choses, la phénylalanine booste également la synthèse de PEA.

Le lait sera donc mon véhicule de choix. Ses matières grasses aideront à solubiliser certains ingrédients lipophiles du philtre, notamment ceux de l'ambre gris. Son eau dissoudra le reste. De plus, sa vitamine D et ses minéraux (calcium, magnésium) seront un petit plus pour fabriquer de l'ocytocine. Vous l'avez lu également dans mes travaux, cette hormone est celle de l'amour, mais aussi du lien indéfectible entre une mère et son enfant. Le lait n'y est pas étranger. Le lait, et le mécanisme de l'allaitement favorisent la sécrétion de cette hormone, à la fois chez la mère et son bébé. Cette molécule, à son tour, va ensuite favoriser la production du lait maternel, dans un cercle vertueux.

Cette formule est parfaite, peut-être même plus que celle de la marquise.

Ensuite ? Peu importe le flacon, pourvu qu'on ait l'ivresse ? Très peu pour moi ! Je veux marquer le coup, avec un contenant dont j'avais déjà tous les détails dans mon imagination. J'ai mis des semaines à le trouver, pour finalement le dénicher au fin fond du marché aux puces.

Un flacon de verre fumé, en forme de cœur couleur émeraude, fermé par un bouchon de liège.

J'y transvase le contenu de mon mortier. Contrairement à la représentation qu'en font les livres ou les films, le philtre n'est pas un beau liquide rouge vif ou vert fluorescent. Ni violacé comme dans mes rêves. Il ressemble davantage à une suspension marronnasse, tirant sur le verdâtre.

Je l'admire de longues secondes, sous plusieurs angles, avant de refermer le flacon.

Le philtre d'amour est prêt.

***Traité des sciences amoureuses***

**Par** Camellia Daléchamps

## Chapitre 9
## Tour du monde des aphrodisiaques
### *Partie 4 : Asie du Sud-Est*

**Durian** (*Durio zibethinus*)

Ce gros fruit couvert d'épines se distingue par… son odeur épouvantable. Certains la décrivent comme un mélange d'égouts et d'oignons pourris, voire de cadavre. Cette odeur a conduit à l'interdiction du fruit dans les transports et hôtels, dans plusieurs pays d'Asie du Sud-Est. Pourtant, si vous arrivez à passer outre son odeur, il se peut que le durian stimule votre désir, grâce à son savant mélange de tryptophane (précurseur de la sérotonine) et stérols végétaux (précurseurs des hormones sexuelles).

**Kacip Fatimah** (*Labisia pumila*)

Cette plante originaire de Malaisie est considérée comme la version féminine du *tongkat ali*. Là où ce dernier restaure le désir masculin, le Kacip Fatimah est réputé pour augmenter la lubrification et la tonicité naturelle du vagin. Malheureusement, les rares études à son sujet n'ont pas encore démontré scientifiquement ces propriétés.

**Fo-Ti** (*Fallopia multiflora*)

En français, la renouée à fleurs multiples. On l'appelle également *Ho Shou Wu*, littéralement « Monsieur Ho aux cheveux noirs ». La légende millénaire raconte l'histoire du général Ho, condamné à mourir en prison sans eau ni nourriture. Il consomma alors les racines et les feuilles de Fo-Ti qui poussaient sur les murs de sa cellule. Au bout d'un an, les geôliers découvrirent avec surprise un général Ho non seulement vivant, mais ses cheveux blancs avaient laissé place à une magnifique crinière noire. Ainsi, l'action aphrodisiaque de cette plante provient davantage de son action globale juvénilisante. Il régénère le foie, tonifie les reins et le cerveau. En améliorant la circulation sanguine, il renforce la sensibilité des zones érogènes. Toutes ces propriétés font du Fo-Ti l'une des plantes les plus prisées de la médecine chinoise et vietnamienne.

**Remarque :** d'autres aphrodisiaques populaires incluent l'hippocampe, le pénis de tigre, le sang de cobra, la viande de loup… Attention, en plus de mettre en danger des espèces déjà menacées, il n'existe aucune preuve scientifique de l'efficacité de ces produits. À fuir !

# 22

Alistair me fixe de ses yeux azur, iridescents à la lueur de la chandelle dressée entre nous. Il lève bien haut son verre, sans me quitter du regard.

« À ton succès. »

Tu ne crois pas si bien dire.

« À *notre* succès ! »

Il vous l'expliquerait mieux que moi. À l'origine, on entrechoquait nos récipients pour échanger un peu de breuvage, et s'assurer que l'on ne cherchait pas à vous empoisonner. À l'époque, les grosses chopes de bois ou en métal le permettaient. Aujourd'hui, on tapote à peine nos petites flûtes en cristal, et le sens premier de cette tradition s'est perdu.

Tant mieux, cela m'évite d'avoir à goûter mon propre philtre. Je veux rester lucide jusqu'au bout.

Quand vais-je mettre mon plan à exécution ? me demandez-vous. À vrai dire… c'est déjà fait !

Rembobinons de dix minutes…

Je n'ai pas choisi cet endroit par hasard. Vous le savez, ma sœur Garance, chef multi-étoilée, possède de nombreux restaurants, dans plusieurs pays. Nous sommes dans l'un d'eux. Son tout premier, à vrai dire, au cœur du Quartier latin, là où ont commencé mes recherches. Un bâtiment séculaire où ont séjourné de grandes personnalités historiques. Du moins, il était comme ça, à l'origine. L'établissement sort tout juste de rénovation et ne doit rouvrir au public que demain. Garance a accepté de me le privatiser, juste pour ce soir. D'un autre côté, ça lui permet aussi de vérifier que tout est paré. Je vais lui devoir des services régulièrement jusqu'à la fin de mes jours, mais c'est un petit prix à payer pour parvenir à mes fins.

Le restaurant étant officiellement fermé, Alistair et moi sommes passés par l'entrée du personnel. J'ai commandé deux apéritifs. Un scotch pur malt pour lui (il en raffole), un kir royal pour moi. Il fallait absolument distinguer nos boissons, pour ne pas se tromper. Pendant qu'un serveur tiré à quatre épingles conduisait Alistair à notre table, j'ai prétexté une discussion avec Frédéric, le chef de cuisine, ami de longue date de notre famille. Dès qu'il a eu le dos tourné, j'ai débouché mon philtre et j'en ai versé un filet dans le whisky. Quelle quantité exactement ? Aucune idée. Parfois, en sciences, il faut procéder de façon empirique. On teste, on tâtonne, la science par l'expérience. Disons que j'en ai mis suffisamment peu pour qu'il reste imperceptible. Le liquide s'est enfoncé profondément. À mi-chemin, s'est séparé en une multitude de gouttelettes, qui fondent et disparaissent comme une pluie d'étoiles filantes. En moins d'une seconde, la potion a été complètement diluée, sans laisser la moindre trace. Puis j'ai rejoint Alistair à table, avec les deux verres.

Premièrement, le philtre d'amour n'est pas du cyanure. Il n'agit pas en quelques secondes. Je dois l'utiliser le plus tôt possible, donc dès l'apéritif, pour maximiser son impact.

Deuxièmement, le philtre ne fait pas tout, encore faut-il stimuler la cible. Pour schématiser, disons qu'il remplit le cerveau de dynamite, sur laquelle on verse de l'essence. Mais sans étincelle, il ne se passera rien. Un regard appuyé, un geste attentionné, une parole suggestive, et c'est l'explosion.

Je rejoins Alistair en salle. La déco a énormément changé depuis ma dernière venue, des années auparavant. L'ambiance taverne chaleureuse a laissé place à une atmosphère moderne et cosy. Quand on décroche les étoiles, il faut croire qu'on change d'univers. Des sculptures et tableaux d'art abstrait habillent les murs couleur pourpre. Les tables, elles, conservent un certain classicisme, avec leurs nappes en lin descendant très bas, sur lesquelles trônent la vaisselle en porcelaine fine, l'argenterie et des verres en cristal. Une chandelle rouge marque au centre la symétrie parfaite.

En me voyant arriver, Alistair se lève et tire ma chaise, pour m'installer. Courtoisie britannique naturelle chez lui. Impression renforcée par sa tenue inhabituellement élégante. Il porte un costume noir sur une chemise parme, sans cravate mais avec de gracieux boutons de manchette aux poignets. Quant à moi, j'ai acheté de tout nouveaux habits pour l'occasion. Une robe de cocktail bleu roi, sans manches et généreusement échancrée. Elle est serrée à la taille et s'évase sur mes hanches. Pour la première fois depuis longtemps, j'ai enfilé des stilettos. Ils allongent artificiellement mes jambes et bombent mes fesses. Pas la tenue la plus confortable du monde, mais elle fait son petit effet, à voir la façon dont Aly me dévore. Je me sens rougir quand ses yeux effleurent mon décolleté. Ça fait plusieurs fois que je le surprends à dérober des regards vers ma poitrine.

« Tu es très en beauté.

— Tu n'es pas mal non plus ! »

Il prend place face à moi, en silence. Des airs de synthétiseur voyagent d'un coin à l'autre, discrets. Aly fronce les sourcils.

« Cette chanson… »

Je souris en rabattant une mèche de cheveux derrière mon oreille. Il aime quand je fais ça.

« Tu t'en souviens… »

L'année de cette fameuse classe de neige, où nous sommes restés coincés sur le télésiège. Ce n'était pas le seul événement marquant. Il y a eu aussi notre première fête dansante. À l'époque, on appelait ça une boum. Des soirées marquées par les tubes romantiques des *boys bands* qu'on a depuis longtemps oubliés, du moins le pensait-on.

Les notes diffusées en ce moment dans les enceintes, ce sont celles de notre tout premier slow.

« Quelle drôle de coïncidence ! »

Coïncidence ? Certainement pas ! Ce soir, rien n'est laissé au hasard, pas même la sono. Cet instant, j'en ai rêvé des centaines de fois. C'est exactement comme je l'ai imaginé. Non, c'est même encore mieux. Le plan parfait. Le chef-d'œuvre ultime, l'aboutissement de ma quête.

Alistair lève son verre devant ses yeux. À travers, son visage m'apparaît déformé.

« Rassure-moi, dit-il, je ne vais pas m'effondrer d'asphyxie dans quelques secondes ?

— Qui sait… ? »

Il sourit, avant de le lever bien haut.

« À ton succès. »

Tu ne crois pas si bien dire.

« À *notre* succès ! »

Il avale son whisky d'une traite et j'ai l'impression que c'est mon cœur qu'il vient de boire. Je retiens mon souffle, les mains crispées sous la table, agrippant le tissu de ma robe.

« Alors, ce scotch ?

— Il a un petit arrière-goût amer. C'est amusant. Je me demande d'où il vient exactement.

— Sans doute d'une contrée exotique… »

Je laisse échapper un profond soupir de soulagement, qui l'étonne un peu.

« Et toi, tu n'as pas touché à ton kir ? Ça porte malheur, de trinquer sans boire ! »

J'étais tellement absorbée par lui que j'en ai oublié de boire après avoir trinqué. Je l'engloutis cul sec.

Le serveur apparaît et nous tend le menu. Nous le passons rapidement en revue.

« Qu'est-ce qui te plairait ? me demande Alistair.

— Tu me fais confiance ?

— Pour avoir goûté plusieurs fois ta cuisine, je dirais non. Mais comme ce n'est pas toi derrière les fourneaux ce soir, je te suis. »

Je lui jette un clin d'œil et me tourne vers le serveur.

« Pour tous les deux, on commencera par le ceviche d'huîtres au gingembre. Puis le risotto aux asperges, truffe et safran. Et on finira par le fondant au chocolat noir et son coulis de grenade. »

Je me lèche ostensiblement les babines.

« J'en ai l'eau à la bouche !

— Tu n'aurais pas surtout les yeux plus gros que le ventre ? »

Là encore, ce n'est pas un hasard. Détaillons le menu :

Chargée en zinc et potassium, l'huître stimule la production de testostérone. Elle contient également de l'histidine, un acide aminé capable de « chauffer » les zones érogènes. Quant au gingembre, sa réputation le précède. Ce n'est pas pour rien que son nom chinois signifie « virilité ».

Le safran, par sa teneur en phytostérols, stimule les zones érogènes du corps. La truffe, elle, contient de l'androsténone, une hormone qui influence le désir sexuel des mammifères. C'est d'ailleurs une puissante phéromone du cochon, d'où l'utilisation de ces animaux pour rechercher le précieux champignon.

Le cacao augmente la présence d'endorphines dans le corps. Ces substances chimiques procurent en effet une sensation de bien-être et d'euphorie. Mariez-le à la grenade, dont la pipéridine est retrouvée dans de nombreux aphrodisiaques, et vous obtenez un mélange explosif.

Entrée, plat, dessert. Le parfait menu pour amoureux. Un terrain optimal pour que le philtre fasse effet. La cerise sur le gâteau.

« Que désirez-vous boire ? »

Alistair tourne les pages jusqu'à la carte des vins, mais je lui coupe l'herbe sous le pied.

« Seulement une carafe d'eau. »

À petites doses, l'alcool a un effet désinhibiteur que l'on connaît tous. Mais un verre de trop et il produira l'effet inverse. On a déjà pris un apéritif, je ne courrai pas le risque.

Le serveur repart en cuisine, avec notre commande. Nous restons en tête-à-tête, à jouer au chat et à la souris. L'un fuit les regards enflammés lancés par l'autre, et vice versa, jusqu'à ce que nous accrochions finalement nos prunelles.

« Camellia… Quand j'ai dit que tu étais très en beauté, j'étais loin du compte.

— Comment ça ? »

Ses yeux sont agités de micromouvements, quasi imperceptibles, qui suivent ceux de mes lèvres.

« Tu es toujours belle, mais ce soir, tu es… terriblement canon. »

Avant de prononcer ces derniers mots, il s'est ébroué comme s'il tentait de reprendre ses esprits.

« On est seuls dans ce restaurant, par je ne sais quel miracle. Mais s'il y avait d'autres hommes, ils seraient tous jaloux de me voir avec toi. »

Quelle soudaine déclaration, qui me prend au dépourvu ! Quand il plonge son regard dans le mien, je remarque que ses pupilles sont archidilatées. C'est un signe flagrant d'excitation, au point de presque faire disparaître ses iris azur.

Sa main glisse jusqu'à la mienne. Je le laisse faire. Ses doigts tièdes caressent délicatement les miens, d'avant en arrière.

Nous rompons le contact tactile quand le serveur réapparaît, avec les entrées. J'aspire ma première huître, sans quitter Alistair des yeux. Il a tellement de mal à se concentrer sur la sienne qu'il manque de la renverser dans sa chemise. Il éclate d'un rire chantant et détendu. Le philtre est en train d'agir. Et je jurerais qu'il agit sur moi également, tant mon cœur s'emballe.

« Camellia, j'ai pensé à cet instant toute la journée.

— Moi aussi. »

Son ton neutre n'a pas duré longtemps. L'entrée est à peine arrivée qu'Alistair parle de cette voix mièvre et cochonne, dont je ne sais si elle m'excite ou me perturbe.

Il se met à gigoter sur sa chaise, comme un enfant hyperactif.

« Toi, tu as une idée derrière la tête…

— Pas une idée. Un souvenir…

— Ah oui, lequel ?

— Pas un en particulier. Je repense à notre voyage en Malaisie. Sacrée aventure, pas vrai ? Le crime, l'exploration, le temple… J'étais loin d'imaginer tout ça, quand on est arrivés à l'hôtel !

— Un voyage mémorable. Je suis contente de l'avoir fait avec toi. »

Je reste évasive, trop timide pour avouer ce que j'ai fait en pensant à lui, dans la chambre de ce même hôtel.

« Ça me manque de ne plus pouvoir te toucher, t'embrasser. Pas toi ?

— Peut-être un peu… »

Sa main retrouve la mienne. Il fait courir ses doigts sur les miens, en dessinant de larges cercles entre les jointures. Je libère un pied de mon escarpin, avant de frôler sa jambe. Il sursaute brusquement, manquant de percuter la table avec ses genoux. Son corps et son esprit sont une bombe à retardement.

Le plat de résistance arrive. L'avantage, quand on est les seuls clients, c'est qu'on est servis rapidement. De la résistance, Alistair n'en a plus du tout. Il continue de me dévisager comme la huitième merveille du monde. C'est tout sauf désagréable !

Je prends un malin plaisir à couper le contact visuel de temps en temps, pour me concentrer sur mon assiette. Laissons-le mariner un peu…

La première bouchée de risotto fond dans ma bouche. Sa température est parfaite. Non seulement notre festin possède d'incroyables propriétés scientifiques, mais il est aussi délicieux. Autant lier l'utile à l'agréable.

Alistair, lui, s'alimente d'un air impassible, comme s'il croquait du carton. À force de me scruter, il finit par piocher n'importe quoi dans son assiette, en renverser la moitié, et même parfois rater sa bouche.

« Tu aimes ce que tu manges ?

— Oui, mais pas autant que ce que je vois. »

De mon pied déchaussé, je trace des cercles sur sa cheville, allant même jusqu'à relever le bas de son pantalon, jusqu'au mollet. Ses jambes sont brûlantes et je crois que le reste de son corps aussi. Les veines saillent partout où je peux les voir, lorsqu'elles ne sont pas camouflées par la rougeur de sa peau.

Quand vient le dessert, Alistair a déjà fondu. Il n'y touche même pas, trop obnubilé par les moindres de mes faits et gestes. C'est un peu flippant, en fait. Je ne l'ai jamais vu comme ça. Comme le champignon-chenille, il semble possédé par une créature parasite, l'obligeant à me regarder et me sourire sans arrêt.

« J'ai l'impression que ces dernières années, tu as vécu plein d'aventures. Le Népal, l'Amazonie, le Sahara…

— Toi aussi. Je t'ai vu à la télé, à Stonehenge.

— C'est pas très loin, ça…

— Pour reprendre tes mots, les voyages ouvrent l'esprit. Ce n'est pas toi qui m'encourageais à multiplier les expériences à l'étranger ? »

Il acquiesce, fier que je me remémore nos conversations.

« Et au cours de tes voyages, tu as aussi expérimenté des aventures plus… humaines ? »

En temps normal, j'aurais esquivé la question, tenté de revenir à un sujet moins équivoque, mais Aly me fixe avec cette intensité dont il a seul le secret.

« Disons que j'ai rencontré des tas de gens… intéressants. »

Il se mord la lèvre.

« Aussi intéressants que moi ?

— Non, bien sûr. Tout ce temps, c'est toi qui as obsédé mes pensées. »

Il est à ma merci, bien qu'il semble penser le contraire.

« Alors, tu comptes me la donner ?

— Te donner quoi ?

— La raison pour laquelle tu as disparu, il y a dix ans. Tu devais me rejoindre à Noël mais tu n'es jamais venue. Ensuite, plus aucune nouvelle.

— Je… »

Je me fige subitement, mon visage s'éteint et mon sourire coquin s'efface. Un frisson glacial me parcourt. Le souvenir prend possession de moi, souffle le même vent froid que ce matin-là.

« Qu'est-ce qu'il y a, Camy ?

— La neige…

— Quoi ? »

Il neigeait à gros flocons ce jour-là. C'est beau, Londres sous la neige… Des décorations de Noël partout. Je me suis arrêtée devant cette grande maison rouge, à Notting Hill, à *Elgin Crescent*, plus précisément. Il a ouvert la porte, avec son pull kitsch. J'ai d'abord eu peur, croyant qu'il m'avait repérée depuis la rue. Je voulais absolument le surprendre. Finalement, c'est moi qui ai eu la surprise de ma vie… lorsqu'une autre femme est apparue sur le seuil.

« Elle… »

Je m'en souviens comme si c'était hier, comme si la douleur n'avait jamais disparu. Pendant des mois, chaque fois que j'ai fermé les yeux, c'est elle que je voyais. C'est vrai qu'elle était mignonne, avec ses couettes brunes et son trench-coat rouge. Elle se hissait sur la pointe de ses bottes pour l'embrasser, comme un vrai petit couple fou amoureux. Comme on le faisait… autrefois.

Un éclair traverse mes tempes. Prise d'un violent accès de nausée, je lâche ma cuillère, qui heurte bruyamment le bord de mon assiette.

« Camellia ? »

Alistair tend la main vers moi mais je me recroqueville brutalement.

« Je… Je n'y arrive pas.

— Écoute, Camy, ce n'est pas grave. Tu peux garder tes raisons. Tout ce que je veux, c'est être avec toi. Pour toujours. »

Ces deux derniers mots frappent mes tympans avec la force d'une explosion. Cette fois, c'est tout mon corps qui se fige comme une statue de pierre. Que m'arrive-t-il ?

*Tu le sais très bien…*

Ce n'était pas la voix de l'autre moi. C'était une voix chevrotante, la mienne, quelques années auparavant. Oui, je sais très bien, trop bien, qu'il m'a fait du mal. Ni lui ni cette fille ne peuvent imaginer à quel point les questions m'ont dévorée de l'intérieur. Qui est-elle ?

Depuis combien de temps ça dure ? Est-ce qu'il l'aime plus que moi ? Est-ce qu'il m'a réellement aimée, ne serait-ce qu'une fois, nom de Dieu ?!

« Camy ? »

Face à moi, Alistair commence à paniquer. Sa respiration est saccadée. Sous la table, je peux sentir ses pieds battre l'air désespérément. Ses pupilles se contractent et se dilatent successivement, signe de l'orage hormonal qui a lieu dans son cerveau.

De mon côté, une tornade d'émotions négatives s'empare de moi. Je ne veux pas savoir, plus maintenant. Aujourd'hui, j'ai dépassé ce stade. Je m'en fous de tout ça.

« Camy, s'il te plaît… Tu me fais peur. »

Je m'attendais à tout, sauf à le voir fondre en sanglots. De grosses larmes se mettent à couler le long de ses joues, avant de tomber en cascade dans son assiette. C'est la première fois que je le vois pleurer.

Venant de quelqu'un d'autre, n'importe qui, cette réaction m'aurait touchée. Mais venant de lui, dont j'ai été amoureuse la majeure partie de ma vie, elle me cause une douleur incommensurable.

« Moi aussi, j'ai peur… »

Peur qu'il me trahisse encore. Je ne veux pas souffrir à nouveau. Me lever chaque matin et me coucher chaque soir en pensant à lui, quand j'ai la chance d'arriver à dormir.

Il se penche en avant pour m'embrasser mais je me cambre violemment en arrière, au dernier moment. Son visage se crispe subitement, comme un toxicomane à qui l'on vient de confisquer sa dose. Il est livide. Des veines courent sur son front, gonflant à intervalles irréguliers comme si elles respiraient.

Mais je ne dois pas céder, pas maintenant. Sinon, tout recommencera. Alors je finis par harponner ce regard qui me cherche désespérément. Ses pupilles se rallument d'une frêle lueur d'espoir.

« Camy, est-ce que… tu m'aimes ? »

Il me tend à nouveau ses paumes tremblantes, que je fuis de plus belle. Mais cette fois, sa main parvient à saisir mon poignet.

« Arrête ! »

Son corps tout entier se fige, comme si j'avais appuyé sur pause. Ses doigts s'écartent et son bras se rétracte, sans que son cerveau ne semble avoir donné l'ordre. Il est comme une marionnette dont je tiens les fils invisibles. J'ai déjà eu une vision similaire, dans un des nombreux rêves que j'ai faits de lui. Mais aujourd'hui, c'est un cauchemar.

« Camellia, dis-moi… que tu m'aimes. Je t'en prie…

— Je… »

Je ne sais pas quoi répondre. Oui ? Non ? Je ne sais pas ? J'ignore quoi lui répondre, car je n'en ai plus aucune idée, à cet instant.

« Camellia, je t'en supplie, je ferai tout ce que tu veux. Absolument tout. Mais par pitié, ne me laisse pas. »

Je n'arrive pas à détacher mes yeux des siens, striés de vaisseaux sanguins hypertendus. Les veines pulsent sur son cou et son front, au rythme de sa respiration saccadée.

Mais pour Alistair, mon silence vaut refus. Il se laisse tomber contre le dossier, manquant de renverser la chaise en arrière avec lui. Ses yeux vitreux fixent le vide au-dessus de moi. Je crois qu'il veut dire quelque chose mais sa salive reste bloquée au creux de sa gorge. Il tremble comme une feuille, s'enfonce dans son siège, comme un gosse apeuré.

Ce n'est absolument pas ce qui était prévu. Sous le coup de l'émotion, les souvenirs me reviennent en pleine face, comme un tsunami de souffrance et d'errance.

Le serveur réapparaît pour nous débarrasser. Il a bien du mal à masquer son étonnement mais sa formation – et peut-être mon lien de parenté avec sa patronne –, l'empêche de s'impliquer davantage.

« Tout va bien ici ? »

Avant que l'émotion ne me paralyse, je me lève et quitte brusquement la table, laissant Alistair prostré au fond de sa chaise. Il semble mort de l'intérieur.

Je ne sens plus mes membres. Mes jambes chancelantes éprouvent toutes les peines du monde à atteindre le seuil du restaurant. À l'extérieur, je suis accueillie par un vent glacial, faisant danser la neige qui tombe sur la capitale. Paris sous la neige, c'est aussi beau que Londres. Je lève le nez et laisse les flocons se poser sur ma peau. Ils n'y restent pas longtemps, balayés par les larmes qui se mettent à couler le long de mes joues.

Qu'est-ce que j'ai fait ?

# 23

Columelle me dévisage d'un air inquiet, qui multiplie par deux les rides déjà nombreuses de son visage.

« Tu n'as pas touché à ton thé. Tu es malade ? »

Ça doit bien faire cinq minutes que je touille la cuillère dans ma tasse. La Cité fleurie est mon refuge, d'habitude, mes tracas ne franchissent pas la grille. Aujourd'hui, même cet endroit coloré n'est pas épargné par les pensées noires qui me rongent. Je revois Alistair quelques semaines plus tôt, assis en face de moi, à cette même table. C'était avant que…

« J'ai testé le philtre d'amour, professeur. »

Il manque d'avaler de travers.

« Tu as achevé ta formule et tu ne me l'as pas dit ?

— Je vous le dis, maintenant.

— Eh bien quoi, ça n'a pas fonctionné ?

— Au contraire, ça a trop bien fonctionné.

— Alors quel est le problème ? »

Je dois me concentrer intensément pour ne pas fondre en larmes. Comme ce matin, hier, et avant-hier…

« Vous auriez dû le voir, professeur. Il semblait en transe. Possédé… par moi. Si je lui avais demandé de se poignarder le cœur, il l'aurait fait sans hésiter. »

Columelle a posé sa tasse pour boire mes paroles. Moi, j'ai du mal à libérer la mienne. Ma gorge me serre, me tiraille, me brûle.

« Je comprends pourquoi la marquise a voulu enterrer son secret, même jusqu'à faire disparaître toute trace de sa vie. Si cette potion est aussi puissante que tu le dis, on peut parier qu'elle a eu une certaine influence sur les événements historiques de l'époque. Tu imagines les dégâts, à manipuler les cœurs des reines et rois ? À bien y penser, c'est effrayant. »

Je me remémore la fable de Fahima, le nom fictif de la marquise au Sahara. Grâce au philtre, elle avait pu arracher un jeune sultan à son trône, à sa famille, à son royaume.

« Vous ne croyez pas si bien dire, professeur. »

À contrecœur, je me résous à tremper les lèvres dans mon thé, sans vraiment le boire. Les quelques gouttes qui parviennent jusqu'à ma langue ont encore le goût salé des larmes que j'ai versées ces derniers jours.

« Tu t'es débarrassée du philtre ?

— Pas encore, mais je compte bien le faire ce soir. »

Il fronce les sourcils.

« Tu en es certaine ? C'est une découverte scientifique d'une grande valeur. Un philtre d'amour véritable. Le seul au monde qui existe. »

Dire qu'au début de mon aventure, il me qualifiait de rêveuse, de naïve, d'affabulatrice.

« Les meilleures intentions ne font pas forcément les meilleures inventions.

— Nobel en sait quelque chose… »

Je me doutais qu'il dirait quelque chose comme ça. Au XIX^e^ siècle, le chimiste suisse Alfred Nobel a cherché un moyen de limiter l'instabilité de la nitroglycérine, un explosif ayant provoqué la mort de son petit frère quelques années plus tôt. En ajoutant à ce produit des substances absorbantes, il parvint à créer la dynamite. Il espérait que son invention serait utilisée dans le domaine de l'exploitation minière, les galeries et la construction de routes… Mais ces explosions auront finalement beaucoup plus de succès comme arme de guerre et provoqueront de lourdes pertes humaines, au point que l'on appela Nobel le « marchand de la mort ». Blessé par l'image que le monde avait de lui, Nobel a légué son immense fortune (liée à la dynamite) pour la création d'un fonds, dont les intérêts devaient être redistribués « à ceux qui au cours de l'année écoulée auront rendu à l'humanité les plus grands services ». C'est la naissance du prix Nobel. Une façon pour lui de se rattraper et de faire une dernière chose bénéfique pour ses semblables.

Le philtre d'amour, c'est certain, me rapporterait une fortune colossale. Mais il aurait des effets encore plus dévastateurs sur le monde que la dynamite. Du plus profond de mon être, je regrette de l'avoir (re)découvert. J'aimerais inventer une machine à remonter le temps, pour prévenir la Camellia d'il y a deux ans. La Camellia naïve, idéaliste. Celle qui cherchait juste un artefact légendaire et romantique, sans se douter qu'elle s'engageait dans une descente aux enfers, spirale infernale. Pourtant, on a essayé de me prévenir, à plusieurs reprises. Columelle, d'abord. Dieumerci. Et… Dahlia. Je l'ai détestée, haïe si fort. En fin de compte, elle avait raison avant tout le monde. Avant moi, surtout. Ses méthodes extrêmes pour m'arrêter ? C'est parce qu'elle savait toutes les choses, horribles, qui allaient se passer si je réussissais. Bon sang, la marquise de Vertmillon elle-même m'avait avertie. Du moins, indirectement, elle a essayé d'empêcher les gens comme moi de parvenir à leurs fins, en supprimant toute trace de sa propre existence. Elle et moi, nous sommes des scientifiques. En tant que découvreuses, nous aspirons à laisser notre trace dans l'histoire, à changer le monde par nos inventions. Alors, sacrifier sa vie, le fruit de son travail acharné, tout ce pour quoi on a œuvré, c'est sans doute l'acte le plus fort que l'on puisse réaliser. J'aurais dû le voir venir, évidemment. Un comble pour une chercheuse, de manquer de discernement.

« Qu'est-ce que vous feriez à ma place, prof ?

— J'ai bien ma petite idée, mais je ne veux pas t'influencer. C'est un choix important. »

Je soupire en reposant ma tasse. Ma décision est prise.

« Je vais le détruire.

— Certaine ?

— Évidemment ! Je n'ai jamais été aussi sûre de toute ma vie. Cette potion est une malédiction. Elle doit disparaître pour toujours. »

***

Ce soir-là, j'ai insisté pour fermer la pharmacie. Aussitôt le rideau baissé et mes employés hors de vue, j'ai ouvert mon coffre-fort. Dans la boîte métallique contenant autrefois mes ingrédients se trouve maintenant le flacon. Après le dernier dîner avec Alistair, je l'y ai enfermé à double tour.

Je devrais le garder au réfrigérateur, après tout, il n'a pas de conservateur. Mais ce n'est pas sécurisé et…

Qu'est-ce que je raconte ? Ce n'est pas comme si je comptais le réutiliser. Et puis, une pharmacie est un lieu où l'on garde les médicaments. Ce philtre n'est pas un remède pour le cœur. C'est un poison.

Je referme mes doigts sur le flacon de verre et j'ai l'impression qu'il me brûle la peau, comme ces plantes toxiques qui avaient enflammé les mains de Berbéris. Je l'ouvre prudemment. Il exhale aussitôt son parfum caractéristique, âcre et boisé. C'est une odeur que je ne sentirai sans doute plus jamais, mais qui me marquera à vie.

Je me penche au-dessus de l'évier du préparatoire, adjacent à la paillasse où j'ai préparé la potion. J'incline le flacon, jusqu'à ce que le niveau du liquide atteigne l'extrême bord du goulot. Je n'arrive pas à l'incliner davantage. Mon cerveau donne l'ordre mais mon corps n'obéit pas.

Pourquoi ?

J'ai passé deux ans à parcourir le monde pour ma quête. Et autant à la préparer. Ça paraît à la fois long et court. Et durant ces deux années, j'ai connu plus d'expériences marquantes qu'au cours des trente précédentes. Positives, pour la plupart. Mais je ne peux pas occulter les négatives. Il faut dire que j'ai frôlé la mort plus d'une fois. On dit que ce qui ne vous tue pas vous rend plus fort. Je n'irai pas jusque-là. En revanche, ce qui ne vous tue pas vous fait davantage apprécier la vie. C'est peut-être ce qui m'empêche de passer à autre chose. Une partie de moi a peur de l'après. J'ai passé chaque jour et chaque nuit, complètement dévouée à ma quête. Bien sûr, j'adore passer du temps avec Jade, Julie, Dieumerci, mes petits protégés. Mais je crains que la routine ne m'enferme dans une spirale dépressive. Je ne pensais pas dire ça un jour, moi qui avais peur de tout, mais je suis devenue accro à ces décharges fréquentes d'adrénaline. Sans le philtre, je n'aurais jamais connu tout ça. En un sens, j'ai l'impression de lui être un peu… reconnaissante.

Bon sang, qu'est-ce que je raconte encore ? Le philtre n'est pas un être vivant. Ou alors, s'il l'est, c'est un monstre, incontrôlable. L'enfermer ne suffira pas. Il faut l'éradiquer.

Je secoue la tête. Cela me fait mal de l'admettre, mais Dahlia avait raison sur deux points. D'abord, ce philtre est une arme. Entre de mauvaises mains, elle peut être dévastatrice. Ensuite, quand elle disait que je suis devenue comme cette organisation, que j'avais juré de détruire.

J'ai passé tout ce temps à idolâtrer la marquise, à admirer son courage et son génie, sans me rendre compte de ses intentions malveillantes. Nobel, lui, avait de bonnes intentions. On peut même débattre que les inventeurs de la bombe atomique avaient au moins le mérite de vouloir stopper la guerre. Moi, je n'ai même pas cette excuse. Dévastée par la trahison d'Alistair, j'ai voulu le philtre pour le refaire tomber amoureux de moi. J'aurais dû savoir que c'était une mauvaise idée. Vous me connaissez, face aux difficultés, je suis du genre à privilégier une certaine forme de logique cartésienne, implacable. Je crois que c'est un mécanisme de défense, que mon cerveau a élaboré à l'adolescence pour enfermer ma double personnalité violente. Réfréner mes émotions. Mais les événements brutaux dont j'ai été témoin depuis deux ans ont fissuré le mécanisme. Assez pour faire ressurgir la bête tapie en moi. Trop tard cependant, pour voir ma quête sous l'angle moral. Quelle ironie, avant de reprendre l'officine familiale, j'ai passé des années dans des labos de recherche de la firme Pharmateria Medica, à expliquer à mon équipe que les malades ne sont pas juste des enzymes défaillantes et des récepteurs suractivés. Ce sont surtout des personnes, avec leur vie, leur quotidien fait de préférences et de contraintes, auxquelles nos traitements doivent s'adapter. Mais ce mantra, j'ai été incapable de l'appliquer à ma propre expérience. Obsédée par ma soif de connaissances et l'excitation de l'aventure, je n'ai pas réalisé que je m'engageais sur une pente glissante. Mon admiration sans bornes pour la marquise a masqué ses mauvaises intentions, comme les miennes. Malgré les avertissements de Rabelais, j'ai fait de la science sans conscience, et j'y ai ruiné mon âme.

Après deux ans à passer du rêve au cauchemar puis encore au rêve, j'ai l'impression de redescendre brutalement sur terre. Non, plus bas que terre. Et j'y emporterai le philtre avec moi.

Alors pourquoi je n'y arrive pas ?

Je ne suis sans doute pas encore prête. Ça prendra du temps. Peut-être que j'y parviendrai… demain.

Je rebouche le flacon. Au même moment, un bruit éclate dans la pharmacie.

Non, ça ne venait pas du bouchon…

« Dieumerci, c'est toi ? »

Pas de réponse.

« Jade ? Julie ? »

Je ne suis pas seule.

# 24

Pas le temps de réagir qu'une main gantée de cuir s'abat sur ma bouche. Elle est si grande qu'elle couvre la moitié de mon visage. L'autre immobilise mon bras derrière mon dos, avec une force qui paraît surhumaine.

Déstabilisée, je lance mon coude libre à l'aveugle et j'atteins, je crois, mon agresseur à la tempe. Il n'en desserre pas pour autant son étreinte. Je me débats comme une anguille. Je tente de lui planter mes ongles dans les yeux, mais le type me pousse férocement en avant. Ma tête heurte violemment le mur. Je tombe raide à l'horizontale et mon esprit sombre dans le brouillard. Mais je ne perds pas tout de suite connaissance. Mes sens sont brouillés, mon orientation aussi. Je ne distingue plus le haut du bas, la droite de la gauche.

Des pas lourds martèlent le sol, de plus en plus sourds, au point que je perçois l'onde de choc se propager dans le sol jusqu'à mes muscles endoloris. Je roule sur le dos pour mieux voir mon assaillant, mais ma vue est encore troublée par l'impact. Je ne distingue qu'une interminable paire de jambes, fuselées dans un pantalon noir, lui-même enfoncé dans des brodequins de la même couleur.

L'inconnu se penche en avant, sans que je ne parvienne à mieux l'identifier. Sous mes yeux impuissants, la main gantée ramasse un petit objet luisant sur le sol, dont ma vue embrouillée ne différencie que les contours.

Le flacon de philtre !

J'essaye de tendre le bras, mais je ne parviens tout juste qu'à dérouler mes phalanges. De toute façon, même si je retrouvais le plein usage de mes membres, je ne pourrais rien faire. Moi, peut-être pas… mais *elle*, oui. La furie tapie au fond de mon esprit. Je ne l'ai pas laissée prendre le contrôle depuis la prison de Bogota. Je l'ai réfrénée lorsqu'il a fallu stopper Berbéris, en Malaisie. Ça me paraît une éternité. Aujourd'hui, j'ai appris à la maîtriser, peut-être un peu trop. C'est bien la première fois que j'aimerais la voir.

*Allez, sors de là !*

Aucune réponse. Je ne perçois même pas sa présence. Comme si le coup sur ma tête l'avait assommée elle aussi.

L'autre avance de deux pas pour se placer juste au-dessus de moi, me dominant comme une montagne.

« Je t'avais dit que tu en paierais les conséquences. »

Ces mots… Je les entends comme je les voyais avant mon voyage, affichés sur mon écran d'ordinateur.

*Donne-moi le dernier ingrédient ou tu en paieras les conséquences.*

*Dis-moi ce que je veux savoir ou tu le regretteras.*

*Tu finiras par me donner la formule, que tu le veuilles ou non.*

« Berbéris… »

L'autre émet un gloussement de satisfaction. Sans le voir, je jurerais qu'il sourit jusqu'aux oreilles. Mais c'est impossible. Fernando ne peut pas s'être évadé de nouveau, et être revenu de l'autre bout du monde.

Non… ce n'est pas lui. Ni sa carrure, encore moins sa voix. Si Fernando n'était pas Berbéris, alors… ?

Au plus profond de mon désarroi, je sombre dans l'inconscient.

# 25

Une désagréable odeur de brûlé chatouille mes narines. Parfois, après un traumatisme, le cerveau perçoit des odeurs fantômes, qu'on appelle phantosmies.

Il me faut quelques secondes pour que la mémoire me revienne, bien aidée par la douleur lancinante qui irradie mon cuir chevelu.

Berbéris !

Le silence a repris possession des lieux. Je crois qu'il est parti. Avec…

Mon philtre !

J'essaye de me relever en sursaut mais le corps ne suit pas l'esprit. Les deux sont dans un piteux état. J'ai la tête qui tourne, au bord du vomissement.

*Debout !*

Te voilà enfin, toi ! Où étais-tu quand j'en avais besoin ?

Une étrange lumière me parvient, depuis le sas séparant mon bureau de la surface de vente. Ce n'est pas l'éclairage habituel.

Une lueur fantôme ?

Au prix d'efforts colossaux, je parviens à me redresser. Une vision d'horreur raidit aussitôt chaque muscle de mon corps, le fait basculer en arrière, et mon crâne percute à nouveau le sol.

Le feu…

La pharmacie, *ma* pharmacie, est en proie aux flammes.

Non, ce n'est pas un cauchemar. Une fumée âcre, épaisse, mêlée à l'odeur chimique de moquette brûlée se déverse dans l'officine.

J'ai le réflexe de hurler, mais le cri meurt dans ma gorge. À moins que je ne l'aie pas entendu. Un bourdonnement aigu me vrille les tympans. Je dois à tout prix trouver un moyen de stopper cet incendie. Mais comment ?

Il y a un extincteur, pas loin du coffre-fort. Je m'empresse de ramper jusqu'à lui, en apnée. Il est si lourd, ou plutôt, mes muscles sont si faibles que je ne parviens pas à le décrocher de son socle.

Il faut que j'appelle les pompiers. Où est mon portable ? Je ne le retrouverai jamais dans cette purée de pois. Et le téléphone de la pharmacie n'est plus qu'une flaque de plastique fondue et bouillonnante.

Je dois sortir, avertir quelqu'un, à tout prix.

J'avance en aveugle jusqu'au mur du fond et cherche à tâtons la porte de derrière. Je finis par sentir ses contours. Mais là où devait se situer la poignée se trouve maintenant un moignon de métal acéré, dont je ne ferai rien.

Réfléchis, Camellia. Réfléchis…

Pas le temps de cogiter, je me précipite vers l'entrée de la pharmacie, (trop) près du cœur du brasier. C'est un carnage. Le feu zigzague entre les rayonnages, faisant fondre au passage la moquette, les étagères. Il imprègne l'air d'une odeur âcre de plastique brûlé.

La fumée me frappe en plein visage et j'en inhale une grande quantité malgré moi, ce qui me fait tousser. Ce n'est qu'une question de minutes avant que je ne perde connaissance. De secondes, même.

La chaleur. J'ai connu la fournaise du Sahara. Mais la véritable fournaise n'a rien à voir. Chaque cellule de mon corps brûle et hurle de douleur. Les flammes semblent me pourchasser partout. Elles forent des trous profonds dans tout ce qu'elles touchent. Meubles, tapis, et même l'épais comptoir en bois massif. Aux quatre coins, elles lèchent les meubles, remontent le long des boiseries sèches. Elles commencent maintenant à attaquer la tapisserie des murs. L'extincteur ne suffira jamais.

Entre la fumée et les larmes, mêlées à la sueur ruisselant de mon front sur mes paupières, je n'y vois presque rien. Je plisse les yeux pour tenter de percer le rideau de fumée opaque. J'avance, prostrée, rampant au plus près du sol, là où subsistent quelques molécules d'air frais. Je progresse tant bien que mal à quatre pattes, jusqu'à l'entrée principale.

Le rideau métallique est baissé, et le panneau électrique qui le contrôle a fondu depuis longtemps, dans une gerbe d'étincelles. Mais je pourrai peut-être m'échapper en brisant la vitrine, où les décorations de Noël commencent déjà à suinter du plastique liquide.

Je me relève et me mets aussitôt à tousser, suffoquée par l'épaisse fumée noire qui m'entoure, et m'irrite les poumons. Puis je me laisse tomber, de tout mon poids, les poings en avant. Le verre ne cède pas. Pire, il me brûle les phalanges. Il me faut quelques secondes pour réussir à repartir en arrière. Suffisamment longtemps pour que la chaleur imprime une marque indélébile sur ma peau.

Pourtant, je recommence. Je martèle la fenêtre avec tout ce que mon corps peut offrir de contondant. Mes poings, mes épaules, et même mon crâne. Mais il faut me rendre à l'évidence. Je suis trop faible pour taper assez fort.

Je regarde à travers le carreau qui me sépare de la vie, m'efforçant de réfléchir malgré mon cerveau privé d'oxygène. Est-ce vraiment une bonne idée de casser la vitre ? L'appel d'air avivera les flammes, je n'aurai qu'une fraction de seconde pour m'extraire.

D'un autre côté, ai-je vraiment le choix ? Si je ne le fais pas, je vais brûler vive de toute façon.

Une nouvelle quinte de toux s'empare de moi, me faisant aspirer plus de fumée à chaque hoquet. Les solvants des sirops, l'huile des crèmes, l'alcool des désinfectants… Tous ces produits chimiques attisent l'incendie. En se consumant, ils libèrent un nuage de fumée toxique, qui me repousse vers l'arrière-boutique. Les flammes épaisses s'élèvent maintenant du sol au plafond, longues langues rouges et orange vif. Elles font crépiter le bois, craquer les murs et chatouillent les poutres du toit, qui se mettent à grésiller.

La vision d'un incendie est fascinante quand on la voit de loin, terrifiante quand on y est directement confrontée. Elle ravive notre instinct de survie enfoui depuis la préhistoire, rallume notre peur primale. Mais le bruit, on ne l'imagine même pas. Le bois craque, le plastique siffle et le métal hurle. Certains flacons explosent même, sous la pression. Cette pétarade imprévisible vient accompagner ce concert terrifiant.

Le mur de feu m'entoure, m'emprisonne. La fournaise consume ma peau. Je tousse à m'en poncer la gorge. Ma trachée s'enflamme, mes poumons brûlent. Un goût de cendre envahit ma bouche, mon nez. Je tombe encore à plat ventre sur le sol chaud.

Faites que ça s'arrête…

Je me recroqueville en position fœtale, tandis qu'un voile opaque commence à glisser sur mes yeux.

Est-ce que… c'est la fin ?

*À suivre…*

**@nishaEtcaetera** est sur les réseaux sociaux :

RdV sur nos pages pour du fun, des cadeaux, des promos et pour découvrir tes auteures en off !

On a hâte de papoter avec toi :)

Vous avez un manuscrit de romance
à nous proposer ?

Foncez !

Envoyez-le-nous à cette adresse :

**manuscrit@editionsopportun.com**

Achevé d'imprimer en mai 2021
sur les presses de la Nouvelle Imprimerie Laballery
58500 Clamecy
Numéro d'impression : 104875

*Imprimé en France*

La Nouvelle Imprimerie Laballery est titulaire de la marque Imprim'Vert®

ISBN : 978-2-38015-282-1

Dépôt légal : juin 2021